创意写作书系

小説家になって億を稼ごう

小说家的致富经

［日］松冈圭祐（松岡圭祐） 著
徐园 郭一娜 译

中国人民大学出版社
·北京·

"创意写作书系"顾问委员会

（按姓氏笔画排名）

刁克利　　中国人民大学
王安忆　　复旦大学
刘震云　　中国人民大学
孙　郁　　中国人民大学
劳　马　　中国人民大学
陈思和　　复旦大学
格　非　　清华大学
曹文轩　　北京大学
阎连科　　中国人民大学
梁　鸿　　中国人民大学
葛红兵　　上海大学

前　言

谁说小说家不赚钱？

现如今，立志成为网红的人在逐渐减少，连网络直播也不再像之前那样火热。但仍然有一种职业是一个人单独搞创作的，那就是"小说家"。仅仅通过文字就想要打动读者，他们这种想法在现在这个时代是不是已经落后了呢？

出版业不景气，在业内常能听到书"卖不出去""挣不到钱"的哀叹。还有人说，在这种时候不能再当专业作家了。

但这些都不是事实。让我们去书店转转吧，有多少书的书腰上写着"畅销几百万册！"。销量榜前几名的小说家的年收入都是用亿①为单位计算的。也许有人

---

① 指日元，全书同。——译者注

会嘀咕说那是凤毛麟角，但不管什么职业都是这样。事实上，有钱的小说家不计其数。

曾经，出版才是影响世界的唯一媒介。文艺作品看起来有点古早，但可以说即便在21世纪，它也被许多人喜爱，是不受时代左右的永恒的艺术。因此，小说家完全可以是一个专门的职业。只要成为畅销书作家，不但社会地位有保障，出版社也会主动找上门来。虽然都是自由职业者，但这与见不着面、只能在网上沟通的情况大不相同。

我这样写，肯定会有人反对说，"不能只考虑金钱""作家就应该清心寡欲"等。当然，小说家在执笔创作之时是应该清心寡欲的。不考虑写小说只是副业、写小说得挣钱等，单凭兴趣写下自己喜爱的内容，这也是一种值得称赞的生活方式。

但是，为什么不能先写一部能够大卖的小说，成为一名全职作家，然后再去写自己喜欢的作品呢？如果你以作者身份获得了出版社的信任，那你就能出版任何类型的小说了。如果担心"肤浅的畅销书作者"

前言

之名有损于自己声誉的话,那么在发表有深度的作品时用其他的笔名就好了。

我想也许有人会说,我不想写像松冈①的书那样的小说。不过请稍等一下。这本书并不是要教你如何创作。想必立志当作家的你对于创作一事心中早已有了把握。

作者(松冈)第一次年收入超过1亿日元的年度收入确定申告书

不管是普通的小说,还是轻小说、纯文学、私小说,成为任何一种类型的专业作家都可以。那么怎么让自己写的小说变得优秀,即使不认识出版社的人也

---

① 即本书作者。——译者注

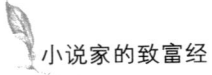
小说家的致富经

能出版作品并且大卖？这本书将以年收入过亿的作家的真实经验，教给你不为众人所知的方法，告诉你不能不知道的业界真实情况。

真正赚到钱了的作家往往愿意保守一个秘密，那就是"写小说其实挺赚钱"。但是如果人们一直疯传"小说家不赚钱"的话，那些难得的拥有才华的人也许就不会选择当小说家了。这会让整个文学界变得无趣，而且也会加剧出版业的没落。

本书与其他小说写作指南的内容大不相同。这本书介绍的不是靠写小说"吃饱饭"的方法，而是"赚足钱"的方法。除此之外别无其他。我坚信，你写的小说也一定会占据各大书店的畅销书架，让广大读者大饱眼福，并且你也会因此过上富足优雅的生活。

目　录

第一部分　成为小说家

第一章　畅销的基本原则："什么是现代小说" / 3

在书店上架的还不能算是小说 / 5

四十人当中有三十九位都不是你的目标顾客 / 8

第二章　受欢迎的故事"构思"什么样 / 13

用大脑供给满足大脑需求 / 15

带照片的出场人物："七个人和五个人" / 17

通过舞台设定使出场人物立体起来 / 19

跟纪实文学作家有同样的视角 / 22

什么是逆行书写 / 25

"构思"的故事的独创性 / 27

第三章　富有魅力的故事梗概 / 29

故事梗概不要随便给别人看 / 31

用40字×3行来讲故事 / 34

自然可靠的"构思"的输出 / 37

第四章　充满好客精神的写作方法 / 41

每家出版社的编辑都用Word / 43

小说写作的基本规则 / 45

写作遇到困难时的处理方法 / 48

反复地"推敲" / 51

"好的作者也是好的读者"的谎言 / 56

第五章　出版小说的方法 / 59

怎么推出你的小说 / 61

报名文学新人奖和K-POP的共同点 / 61

不走后门也能吸引编辑看自己的作品 / 65

从邮件或电话中看出编辑的心理 / 68

寄出稿件"两天后"的重要性 / 71

向小说网站投稿时的注意事项 / 74

读小说的感想只有两种 / 78

自费出版不会让你成为畅销书作家 / 80

第六章　万无一失的审校方法 / 85

四六开本还是平装本 / 87

高效审校样稿的方法 / 88
复核校对稿的重要性 / 93
轻小说的插图制作过程 / 96

第七章　专业人士却收益有限的原因在于出版合同 / 99

恐怖的事后"出版合同" / 101
版税谈判始于播种之时 / 104
签名盖章后的"覆水难收" / 108
避免与出版社对立或发生冲突 / 112
获新人奖之后也不能怠慢合同确认 / 115

第二部分　致富之路

第八章　出道后马上去做的事 / 121

职业作家所需的手续 / 123
何时着手写作第二本书 / 130
社交媒体与"第二位编辑"的应对方法 / 132

第九章　与编辑的相处之道 / 135

为何编辑看起来像"敌人"或"恶人" / 137
是否应对编辑抱有期待 / 139

"通过编辑态度"评判小说家现状 / 141

如果对异性编辑产生爱意 / 144

编辑在会面时使用的话术 / 147

第十章 处女作成功或失败时 / 151

到确定成功为止 / 153

失败显而易见 / 155

处女作不畅销，如何写第二本书 / 158

重新审视梗概与问题解决方案 / 161

为挽回声誉撰写第二本书时的注意事项 / 163

让第二本书热销的心理准备 / 165

面对销量不佳时的心态 / 168

获新人奖后避免失败的心态 / 169

是否要在成为畅销书作家后成立公司 / 172

畅销书作家的注意事项 / 175

小说家可能毁掉自己的种种行为 / 178

是否应自费扩大商业宣传 / 180

了解网评真相 / 183

成为文学奖候选人时的注意事项 / 185

时常回归初心 / 188

第十一章　应对小说改编电影和电视剧的建议 / 189

如果收到影视改编邀请 / 191

关于各类媒介化改编 / 191

小说家被称作原作者的那天 / 194

电影化或电视剧化是否能使原作畅销 / 197

何为影像化选项合同 / 200

关于"原作者 ＝ 地主"的心态 / 203

关于"制作委员会方式"的误解 / 205

如何与影视版制作团队互动 / 209

第十二章　成为畅销书作家后的注意事项 / 213

成为畅销书作家后的日常生活 / 215

当收到电视节目邀约时 / 216

你的未来 / 219

想要"畅销"，必读！——献给《小说家的致富经》/ 222

第一部分

成为小说家

第一章 畅销的基本原则:"什么是现代小说"

在书店上架的还不能算是小说

四十人当中有三十九位都不是你的目标顾客

第一章 畅销的基本原则:"什么是现代小说"

在书店上架的还不能算是小说

如果你想当一名畅销小说作家,首先需要知道你的商品"小说"是什么。

一部小说在什么时候才算是真正成为小说了呢?是作者在书房里写完稿子的时候吗?是完成编辑校对的时候吗?还是在印刷厂完成制版的时候呢?严格来说,小说之所以成为小说,并不在于小说本身,而是取决于读者。

漫画和电影也一样,只不过对于读者来说,它们的表现主体是容易让人产生错觉的视觉印象。而小说对于故事的理解则大大依赖于读者的想象力。小说不是直接的五官感受,而是仅靠文字唤起读者的想象,并在读者心中形成故事。可以说,一个故事能够浮现在读者眼前,是作者与读者两个人通力协作的结果。

现在经常听到有人指出,我们进入了读图时代,漫画、影视作品成了表现方式中的主流,不管是年轻人还是年长者,都在远离文字。但是这种状况不必过于担忧。

通过文字理解故事,必须提前知晓"词语的含义"。特

小说家的致富经

别是名词，你需要知道这个名词代表什么。

如今到处充斥着各种视觉图像，读书时不由会联想到电视、视频、插图、漫画等里面的形象。现在，没有人亲眼见过平安京①时期真实存在的宫廷，但读者在看小说时，通过各种视觉图像形成了一种印象，从而构成故事。不管是描写日常的恋爱，还是将一个陌生的工作场所搬上舞台，读者通过虚构或现实的图像，在脑子里记忆着无数个印象，在读文字时，就会具体且明晰地想起它们。这一点在注重人物内心描写的纯文学领域也一样。浮现在眼前的场景几乎都受到了媒体的影响。

我特别怀念曾经的读字时代。那时候遇到不认识的字词就会随意解释一通，这正是读书的乐趣之一。但是能够享受这种读书乐趣的人在以前是非常有限的，而且也存在因信息传递不正确而导致误解的弊端。比如说，"前臂"（二の腕）这个词原本是指从胳膊肘到手腕的部位。但因为许多读者将其误解为大臂，现在这个词就变成了大臂的意思，但同时还保留着胳膊肘以下部分的意思，结果它成了一个很难解释清

---

① 8世纪末至9世纪初，在现京都市区模仿唐都长安修建的都城。——译者注

第一章　畅销的基本原则:"什么是现代小说"

楚的词。

随着时代的变化,小说也开始直接利用读者的映像式想象力。几乎所有轻小说的目标读者都是爱看动画片的人。可以说,文字的作用只是将读者心中那个理想的动画世界表达出来罢了。

但小说不只是图像的文字版替代品。对于不得不让人意识到"第四堵墙"①的影视作品来说,读者心中构建出的小说的世界可以更加现实且更有魅力,因此有时更能让人产生强烈的代入感。这就是读书的妙趣。

即便是新闻工作者的纪实性文字,也会不自觉地让人想起来自视觉媒介的信息,从而轻易地构建出文字所描写的场景。所有现代小说都是以图像时代的思维为前提的。而在电影还没出现的19世纪以前的文学则与此完全不同。现如今,文学已经不再与漫画、电影对立,反而是因其而成立的艺术。通过视觉媒介,人们可以了解事物的名称,并积累可视化的知识。这种来自图像的知识大大帮助了人们读书,因此

---

① "第四堵墙"是演剧的一个概念,指的是舞台与观众席之间架空的一堵墙。这堵墙将舞台上虚构的故事与观众所在的现实世界隔离开来。——译者注

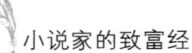
小说家的致富经

能够享受文字乐趣的人比以前增多了。

四十人当中有三十九位都不是你的目标顾客

那么喜欢漫画等图像作品的人就都能成为小说的读者吗？读小说也能像看视频一样轻松愉快吗？

遗憾的是，并不是这样。正因为如此，才会有小说改编的电影或动画。原本只用文字就能叙述的故事，特意花费巨资、费尽周折地拍成电影，这就像把不好吃的食材加工成让更多人接受的食品一样。

只有不超过十分之一的人能够在进行心理咨询时完全听进心理咨询师的建议。人们更容易接受视觉图像，但并不是所有人都具备将文字转换成图像的能力。这不是习不习惯的问题，也不是学习能力优劣的问题。在一定程度上，这是一种与生俱来的能力，每个人都不一样。

读书也同样如此。虽说喜欢看小说这件事不需要吃什么苦，但读书却跟人天生的能力有很大关系。一边主动地读文章，一边还要被动地解释其内容，并且还要很享受这个过程，这绝不是大多数人能做到的。读者的悟性越高，对文章

第一章 畅销的基本原则："什么是现代小说"

的理解就越深，但这与能否融入一个故事关系不大。能够享受读小说的乐趣的人是非常有限的。请一定记住这个大原则。影视作品比文字作品更受人欢迎，并不是因为其产业规模大，而是因为观众比读者的数量多得多。

平时不看小说，只是因为赶时髦而买书的人寥寥无几。不爱看书的人是不会买书的。

再回到刚才说的心理咨询的例子，如果说只有不超过十分之一的人能够接受语言的建议的话，那么能接受用文字讲述故事的人也只有十分之一，在日本就是一千两百万人左右。这还是算上了从老到小的所有人的数字。如果只计算其中能够读书的人的话，那么这个数字还会大幅减少。当然，不能接受心理咨询师建议的人也有可能酷爱读书，反之亦然；但无论如何要知道，我们的读者只不过是全民当中极少数的一部分人。

让我们来看一个真实的数字。日本最牛的畅销书的销量是六百万册左右（不算上下卷）。再加上有人从图书馆借书看，还有人从二手书店买书，所以实际上卖出的数量并不完全等同于读者人数。但是读者数量会比实际卖出的书的数量还多吗？其实未必。就算是喜欢读书的人，他是否会读某小

小说家的致富经

说，也要看他是否喜欢这个小说家的文体、风格，这会让读书时的感受大不一样。有一部分读者是书看了一半就看不下去的。

请大家记住，能够成为某位特定小说家的顾客的人群最多不超过三百万人。除了有极特殊的情况以外，在日本畅销书的最好销量几乎都超不过这个数字。全家人都爱读书的家庭当然是存在的，但更多的是全家没有一个人爱读书。四十个人里，能为了买你的书而掏钱的人最多不过一人。剩下的三十九人都不是你的读者对象。然而到底是谁买了你的书，这在书卖出去之前都是个谜。

接下来我会首先讲解小说的写法，但即便你想成为职业小说家，也请不要马上辞去现在的工作。等到你仅靠版税就能达到年收入超过五百万日元①的时候再考虑成为职业作家吧。当然，年收入不足五百万日元的职业作家也是有的，然而在现代社会，应该谨慎地选择当一位自由职业者。那么，一边干着本职工作或兼顾着学业，一边写小说，这样能年收入超过五百万日元吗？别担心，你当然可以做到。

---

① 用 2025 年 3 月 13 日的汇率计算，约合 24.5 万元人民币。——译者注

第一章　畅销的基本原则："什么是现代小说"

据说在日本年收入在两千万到三千万日元是最理想的。但现在请你把目标定在一亿日元①以上。因为你只有希望让更多的读者喜欢看你的作品，才能写出更好的小说。

不用特别跟别人强调你是"因为兴趣才写着玩的"，但请想象自己是一位年收入超过一亿日元的职业作家。从根本上说，要想成功，抱有"只要享受写作的过程就好"这种心态是非常重要的。

---

① 约合五百万元人民币。——译者注

第二章　受欢迎的故事"构思"什么样

用大脑供给满足大脑需求

带照片的出场人物："七个人和五个人"

通过舞台设定使出场人物立体起来

跟纪实文学作家有同样的视角

什么是逆行书写

"构思"的故事的独创性

第二章 受欢迎的故事"构思"什么样

用大脑供给满足大脑需求

上一章我们说过,小说是靠读者的解读而成立的。那么,你作为作者,就不应把重心放在往稿纸上写小说这件事上,而是应该先在自己脑子里把故事描绘出来。只有能在大脑中清晰地描绘出来的故事,才有可能让读者解读出来。

小说家在开始动笔写作之前,都有一个"构思"的阶段。这本书不仅教你如何想出好点子,还会教你如何在动笔之前先在大脑中构思出一个故事。

你作为小说家,就不得不游弋于商业出版的风口浪尖。用以前的方法写小说,不会让你在济济人才中脱颖而出。因此,以上一章讲过的现代小说的特征为基础,我们再来学习一下让更多现代读者喜爱的故事的构造方法吧。

如果你喜欢科幻,就一定不会讨厌空想,甚至应该善于天马行空地空想。然而世上还有许多人不能像你一样浮想联翩。你可以认为,小说家的任务就是把你的想象力分给这些人。由此,善于幻想的你已经踏上成为畅销书作家的道路了。

但我想你一定还是感到不安，只是整天空想能叫工作吗？别担心。不管是采访还是动笔都雷厉风行的人是很有魅力的，这是因为采访笔记和稿件都是肉眼可见的成果。这些会让自己产生一种错觉，觉得自己在拼命工作。而真正的进度你自己心里有数。

这本书把在大脑中创作故事的方法叫作"构思"。写小说最重要的不是写作，而是"构思"。这个阶段是工作的起点，也是最重要的阶段，需要花足够的时间。

让我们看看长篇小说的制作过程吧。一篇短篇小说是无法出版的，而长篇则能结集成册。我们要相信自己一出道作品就能大卖。

小说指南书上经常出现"想法""情节""故事"等词语，并提出在起承转合的理论前提下，必须加入神秘的大反转，要有复杂的故事情节云云。但是，这种构思手法过于刻意了。现代读者更喜欢纯粹、真实的东西。比起过多地使用技巧，不如尝试另一种能吸引更多读者的方法。起承转合顶多能在分析故事构造时当作一个参考。

小说的题目可以先不着急定下来。如果暂时还没有一个非常满意的题目，那可以边写边想。

第二章 受欢迎的故事"构思"什么样

带照片的出场人物:"七个人和五个人"

无论什么故事,都必须有人。所以首先需要创作出场人物。

选你喜欢的七位演员,在网上下载他们的照片。男女比例是四比三,当然也可以是三比四,你随便定。这也是主人公的性别比。这些演员就是你头脑中扮演出场人物的主要角色。

给这七个人的照片分别起好名字。从电话通讯录等名单上随便选取姓和名,自由组合成新的名字。注意不要让这些名字里有重复的汉字。小说是靠名字来区分出场人物的,所以要把名字起得一目了然。

给所有人都起好名字之后,把照片粘贴在 Word 文档里,在照片下面写上名字。然后设置每个人的身高、体重、年龄、出生地、职业等个人信息。

在这一步,先不用考虑这些出场人物之间的关系,也不用预想会发生什么故事,只要按照个人喜好来创作出场人物就好。在之后的"构思"阶段和漫长的写作过程中,这些人会一直出现在眼前,因此一定要把他们设置成你非常满意的样子。哪怕是一名罪犯，也要把他设计得魅力十足。后面如果你对某个出场人物感到厌烦的话，那一定是在设计这个阶段出了问题。

除了基本的个人信息以外，要一边看七个人的照片，一边想给他们安排什么样的性格会更有趣。口味的偏好、特长、兴趣爱好等，能想到的都加上，写在照片和名字的下面。

但是先不要挖掘"人生的目标""过去的创伤"等深层次的东西。现在就限制故事发展的可能性还为时过早。

将出场人物一人一页排版设计好，全部打印出来。把七个出场人物贴在你的房间墙壁的醒目位置。就像在悬疑电影中出场的侦探的调查资料那样。

出场人物资料

第二章 受欢迎的故事"构思"什么样

七个主要出场人物都贴好之后,再做五个配角的资料。虽然不像主角那么光鲜,但也要预备几个有个性的难被拿捏的配角。把这些配角的照片贴在七个主角的下面。

这种做法非常便于在心里想象出每个演员的表演,特别适合新手尝试。如果想要写现实一点的小说,那么就在网上找普通人的画像,选择跟自己想象的人物相近的照片。这种方法适用于写纯文学小说。在写私小说①时,作者以自己为主人公,就不用贴主人公的照片了,只用写下人物特征,然后贴上配角的照片。

如果你想写轻小说,并想把基调设置成动漫风格,那么就下载你喜欢的画风的图片或动漫人物画。也可以给既有的动画角色配上你起的名字和你设定的性格。这个阶段的资料并不会被别人知道。这个角色今后自然会在你的头脑中慢慢变成你独创的人物。

通过舞台设定使出场人物立体起来

接下来就要设定出场人物在哪里活动了。从网上下载三

---

① 在本书中,指作者以第一人称的手法来叙述故事的小说。——译者注

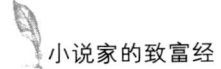
小说家的致富经

处地点的风景照片,贴在十二位出场人物的下面。

你可能听说过一些写小说的方法,比如"最好写自己的职业"或者"应该写自己的经历"等。但是现在不用拘泥于这些想法。在构思故事的过程中,自然就会有你自己的特色。

接下来你就要在贴着十二个出场人物和三处风景照片的房间里生活一阵子了。在家的时候你要看着这些照片,想象出场人物的活动。一开始没什么头绪也没有关系,比如想象A和B在路上谈笑,或者C突然出现,等等,只需要想一些情景就好。然后再联想这些活动的意义:谁和谁是朋友,又新认识了谁,谁和谁有了矛盾,等等。创造故事就是首先要在你的脑子里给这些出场人物赋予生命,然后等待他们自主地"活"起来,再追踪他们的行踪。

不要在墙上写东西,也不要用线画出人物之间的关系。还不到用笔做记录的时候。一旦写下来,那么构思就被固化了。你可能会想,我只写一点,过后再擦掉。但笔迹会越积越多。达到一定量的时候,自己就会觉得足够完美了。但其实这只是构思的第一个阶段,还远没有结束。

你的脑子慢慢会习惯这种构思,不是理性地想这想那,

第二章 受欢迎的故事"构思"什么样

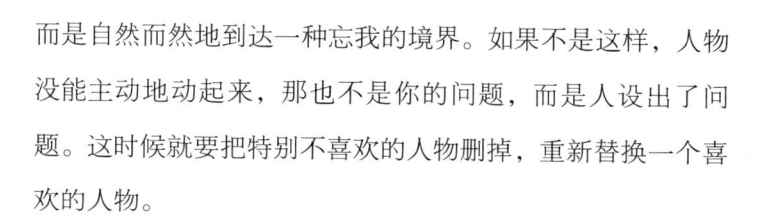

而是自然而然地到达一种忘我的境界。如果不是这样，人物没能主动地动起来，那也不是你的问题，而是人设出了问题。这时候就要把特别不喜欢的人物删掉，重新替换一个喜欢的人物。

先把故事创作法等理论放在一边，仅关注喜爱的出场人物的行动。你既然生活在现代，就一定深知虚构小说的所有套路，不知不觉中就已经布局好故事的开头了。跟随内心，不用管什么理论。这样创作出来的故事一定也能打动读者。

也许你会觉得构思不需要人物的照片。但是眼睛直接看到的人物是有灵魂的。如果你想象的人物是活灵活现的，那么在之后的写作过程中，你就会将之写得栩栩如生。

到底是让作者自己作为主人公，写他的真实经历，还是像拍电影一样写出场人物之间编织出的故事，你可以自由设定。写轻小说的话可以遵循动画片的背景和形式，自己设定人物，让他按照你的设定出场。

请不要觉得"我想这些好害羞啊"或者"我没法把想到的用文字写出来"等。不能在构思阶段就自我否定。这会毁掉好不容易萌生出来的崭新的想法。也不要妄自菲薄地想"这种新手的想法早就被专业小说家用过了"。如果真是这样

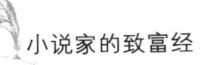

的话，小说早就不再流行了。

跟纪实文学作家有同样的视角

在脑子里不断构筑这种随视觉化的浮想联翩而来的带有实际体验感的空想故事。第二天再从头开始回想一遍昨天想过的部分，然后继续增加新的内容。用不了几天，对你来说，出场人物的所作所为就成了既定事实，成为你生活的一部分。

这种"构思"需要让十二个人都出场。但如果过了一周之后，有的人物让你觉得无法很好地融入构想当中，或者他还不如不在，那么就从墙上把他的照片取掉，再添加一个新的人物。但主要角色七人、配角五人这个人数设定不能减少。特别是对新手来说，这是构成故事的最低配置。

有的时候也会需要十二人以外的配角出现。如果出镜很少的话，他的长相模糊一点也没关系。这种不重要的配角无须挂在墙上。尽量通过这十二人来构成故事。

故事发生的地点可以有三处以上。如果你脑子里想到了新的地点且其出现频率很高的话，那么请在网上找到这里的

第二章 受欢迎的故事"构思"什么样

照片,将之下载、打印、贴在墙上。

脑子里构筑的故事会越来越长,但这时候还不用记录下来。一个字也不要写。因为一旦你开始写,你就会失去自由的联想,这会妨碍你继续拓展故事。

也许你会觉得整天胡思乱想的自己像个傻瓜,因此想快点开始动笔。确实,开始动笔之后会让人感觉自己在实实在在地创作了。

但是对你来说,重要的是能够写出打动更多读者的现代小说。而在"构思"阶段一旦开始着手写作,那你脑子里的活跃想法就休息了,就不会有新的想法出现了。写出来以后再删除、修改,也是相当耗费精力的。而且写下来简单,脑子中闪现新的想法难。不如先把精力都用在"构思"出缜密深厚的故事上。

纪实文学作家是以取材过程中目见耳闻的事情为基础来写稿子的,有绝对的真实性。而虚构的小说比不上纪实文学的厚重感和压迫感。因此现代小说作家通常会在构想中以自己的真实经历为原型,再加上想象,然后将之用文字表达出来。因此在稿子的执笔阶段,小说作家跟纪实文学作家所做的工作是一样的。

因此,"构思"要构想到故事的最后。如果你想着"差不多先这样吧,快点开始写吧",那么只会事倍功半。

也许你会担心,如果不记下来就会忘掉。即便如此,也请不要写下来。如果某个内容忘掉了,那就忘了吧。如果它非常重要,你一定会再想起来的。在自由"构思"的阶段,"写下来"会让你的思维变得僵化。想好的故事有时候会突然发生变化。只要没有写下来,就不会影响这种随机应变的灵活性。

如果你喜欢玩电子游戏,那就把玩游戏的时间用来"构思"吧。慢慢地,你会发现"构思"跟游戏一样让你痴迷,让你忘记时间的流逝。这有百利而无一害。不仅锻炼了想象力,而且日后写出稿子来还会让你赚钱。

如果构思的过程中出现了你不懂的事情,那就查一下。后面开始写的时候一定要有足够的证据,但在"构思"阶段,在网上查一下就够了。如果你写的是幻想类小说,那就不需要严谨地调查,只是空想就可以。因为空想的部分将成为你的独创性。

如果你写的是正统推理小说,当你使用"构思"的方法时,可能会感觉对于故事的细节部分推敲不够。也许你会觉

第二章 受欢迎的故事"构思"什么样

得推理小说更适合采取一边记录想法一边设计陷阱的方法。但是这本书会告诉你,即便是写推理小说,也推荐你使用"构思"的方法。关于解谜的部分,在下一节"什么是逆行书写"中会教你如何加强逻辑。

什么是逆行书写

"逆行书写"是设计从高潮到结局时所有类型的小说都会用到的手法。这也适用于正统推理小说中的陷阱和解谜部分。高潮之前的故事通过"构思"的方法来完成,会给出场人物鲜活的生命感,也能让人创作出更加吸引读者的世界观。

只要开始"构思"出场人物的人际关系,或多或少都会引起一些风波。这个时候需要我们跟出场人物一起思考平息风波的办法,而不是去缓和风波本身。

最初想到的风波应该还不能达到起承转合的"转"的程度。让我们来想想能说得通的解决方法。每一次风波的解决,都会带来出场人物心理的变化。我们需要细致地观察每一个人,把握好现状。

也许"构思"有的部分与已有的电影或小说有着相似的剧情。因为你的脑子当然会受到曾经看过的故事的影响。但你的人格、知识储备会自然地反映在你的故事里，所以不要担心，继续"构思"就好。

当经历一场风波之后，需要再给出场人物设置一场更大的风波。这应该会在你的"构思"中自然呈现出来。因为就像心理学中所说的"努力逆转法则"一样，人越努力越会导致不希望出现的结果。这也就意味着，就算你通过意志力希望得到好的结果，然而想象力总是把你带向坏的结果。这两者的较量一定是想象力获胜。如果你是沿着正确的方向"构思"的，那么出场人物就会接连不断地遇到麻烦。自由地遐想并不是说重复已经出现过的风波。你需要认真思考直至找到解决方法。

然而，有的时候会遇到无法解决的风波。如果想破脑袋地想了一周还是无法解决，那这就是真正的"转"，也就是故事的最高潮部分。这是一个让作者本人、出场人物和读者都陷入绝望的局面。

为了解决这个无法解决的难题，终于——你可以做笔记了。可以用电脑，也可以就用笔和纸。

第二章　受欢迎的故事"构思"什么样

把故事的时间快进到"转"这一部分，然后开始写结局。先不要考虑解决眼前风波的方法，只是空想出故事的结局。不管结局是好是坏，先按照你的想象随意描绘。将这个结局缩短到只有一行字，写在 Word 文档或便笺的下面。不要在写上面花费太多时间。用只有自己能看懂的简单的文字写下来就可以。

在这一行的上面，简单写一下结局之前的情况。再上面一行写一点再前面的情况。这样按照时间的倒序，慢慢接近刚才"转"的部分。当故事前后连接起来，从上往下读一读，你会发现之前无论如何也想不到的风波解决方法（抑或是之前无法解决的问题）已经写出来了。

这就是"逆行书写"。就像谜题作家在设计迷宫的时候常常从终点出发走向起点一样。这个方法特别适用于推理小说的故事创作，可以让你写出谁都预想不到但又令人信服的故事。

"构思"的故事的独创性

现在，故事已经构想到结局部分了。但还不要着急写故事梗概。再盯着墙上贴的出场人物看几天，从开始到最后，按顺序重新想一遍故事。最重要的是尽情沉浸在想象当中，享受这个过程。这期间还会再想到其他有趣的主意。没用的部分就自然而然地把它忘掉。

不要担心怎么写、能不能写。无论如何，先在脑子里完成故事的"构思"。要达到没日没夜地反复琢磨故事，一个人沉浸其中无法自拔的程度。如果你想起故事时感到痛苦，那么意味着这个故事很没意思。这时应该替换几位出场人物，然后重新"构思"。

你有没有感觉到，在打发时间的时候，自己遐想故事比读书或看动画片快乐多了。如果是这样的话，那么无疑你具备"构思"的才能。人们常说"志在必得"。小说家的想象力才是最重要的。没有什么工作像写小说一样，自己想成功就那么容易地成功了。

每个人都有个性，每个人都很特别。你"构思"出来的故事体现着你的性格、经验、知识、嗜好，绝对是其他人想象不出来的。因此，你的故事必定精彩。

第三章　富有魅力的故事梗概

故事梗概不要随便给别人看

用40字×3行来讲故事

自然可靠的"构思"的输出

第三章　富有魅力的故事梗概

故事梗概不要随便给别人看

现在我们可以很容易地从头到尾想起"构思"的故事了吧。所以写下梗概应该也不是难事。

也许有人开始发愁怎么给故事起"题目"。但如果你已经经历了"构思"故事的全过程，那么题目自然会跃然纸上。因为不论是出场人物面临的困境，还是故事的走向和结局，都是基于你的人生阅历而来的。这就是小说的妙趣横生之处。没有必要故意给小说赋予有哲理的教育意义。

那接下来我们就开始写故事梗概吧。准备好你的电脑。先不用考虑文字是否优美，只是在 Word 文档里写下你"构思"的故事。接下来我会教你怎么写，不用担心写不好，也不用担心别人看不懂怎么办。可以尽情地使用拟声词、拟态词，也可以用很多形容词，都没有关系。只要你自己读的时候能明白意思就可以了。

跟出版社打过交道的人也许会问："不是首先要给编辑看摘要（故事梗概）吗？"但本书推荐的做法是，等到小说全部写完之后，再归纳内容，写出摘要给编辑看。也就是说，要先写完作品，再跟编辑联系。

你是一名小说家，小说就是你的饭碗。要卖出商品，首先得有一个能卖的商品。对小说家来说，这个商品就是已经完稿的小说。当商品还只是腹稿的时候拿出来卖，显然勉为其难。

即使你没有熟识的在出版社工作的编辑也不要紧。你也可以把小说给一位素未谋面的编辑看。但是我要告诉你的是，当你联系编辑之后他会做何反应。他会说："请发给我摘要或目录，让我对内容一目了然。"

如果你手头没有完成的稿子，那么为了满足编辑的要求，就只能修改梗概发过去。往往要改好几遍故事梗概，然后等待编辑部会议的结果。你就只能不断搞梗概，然后等待编辑让你开始写稿的指令。

一旦编辑同意你开始写，到了动笔阶段，你就又不知所措了。明明不是你自然而然写出的梗概，还非要按照它来写，那一定是词不达意的。为了与梗概保持一致，你绞尽脑汁，左右为难。这就跟外包式写作一样。自己都不知所云的稿子，就算成功送达出版社，下一次也只会再接到这种外包式的工作。这无法令你成为"能赚钱的小说家"。无论如何，

第三章　富有魅力的故事梗概

这样做不会让你感到幸福。

就算编辑只让你交一份梗概，你也应该把完稿的作品一并奉上。编辑会对此感到满意，这绝不会成为他的负担，因为他即刻就能判断这个商品是否合格。

这里需要注意的是，不要以为已经与某位素未谋面的编辑打过电话或发过邮件，就确定自己的作品能出版了。有许多人在与编辑通话之前战战兢兢忐忐忑忑，但一旦通话结束，听到编辑说"我们会考虑的"，就一厢情愿地认为这件事已经有着落了。编辑一般是"来者不拒"的，就算是新手来访也不会断然拒绝。所以只是与编辑联系上了，并不意味着成功了。

编辑不会对稿子敬而远之，这很好理解。这是因为不管是梗概还是初稿，要在几秒钟之内做出是否可行的判断，并不会多么浪费时间。这一点我会在后面详细讲。但只要你按照本书的内容写，那么你的稿子基本不会被直接扔进垃圾箱。

不写稿子，只是按照编辑的指示写一个梗概发过去，等编辑同意了再开始写稿，这种做法如果针对纪实文学或实用性书籍的话还可以，但如果针对的是小说，我不推荐这样做。

因为梗概往往会在写作的过程中发生变化。有时候甚至写到最后的结局时，你会想把原先的设定全部推翻。比如一部快要完成的作品，主人公从大人变成孩子，从男生变成女生，这种变化只会出现在小说当中。漫画的话，重新画一遍是很费事的，电影也不可能重新拍。而小说很容易就能实现这样的改变，这就是小说的厉害之处。

明明你可以写得很好，但如果事先有一个已经得到编辑认可的梗概，那么写作就会放不开手脚。所以，梗概不要给任何人看，应该先把初稿写完。

用 40 字 × 3 行来讲故事

也许你会说："你让我在没有任何承诺的情况下就完成一部长篇小说吗？"或者："如果到最后白干了怎么办？"但是反过来想一想，编辑凭什么在连成品都没有的情况下就给你承诺呢？对你来说，这是一笔单方面不利的交易。

但只要你有一部完成的稿子在手，即便一家出版社拒稿了，你还可以找另一家。有多少家出版社就有多少次机会。我后文中会讲销售的问题，但只要你写完了稿子，最坏的情

第三章　富有魅力的故事梗概

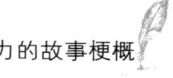

况也不至于没有收入。就算所有出版社都拒绝了你，至少还可以 KDP[①]。

不建议你在开始写稿子之前给编辑看梗概，还有一个原因。那就是当编辑夸你梗概写得好的时候，作者的创作欲是最高的。这种创作热情会随着开始写作而消失。这种情况常见于已经出版过几部小说的职业作家身上。这是因为，一旦编辑认可了自己创作的故事，油然而生的成就感会消解写作的紧张状态。只有稿子完成了才算是小说。因此一定要在写完稿子之后再跟编辑讨论内容合适与否。

在"构思"阶段编好的故事应该尽早用只有自己能理解的文字写下来，不要中途犹豫不决。

在写梗概的时候，你必须意识到这已经是初稿的底子了。因为你心中已经有"构思"出来的故事了，所以首先应该用三行文字写下整个故事，而不是从头开始写。

每行四十字以内，每行都用"5W1H"的形式写下来。也就是说"谁""什么时候""在哪里""为了什么""干什么""怎么干"，把这些写成一行字。这将在日后开始写的时候大

[①] Kindle Direct Publishing，电子书直接出版。——译者注

35

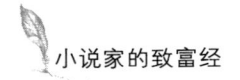

有帮助。没有必要把文字写得特别优美。自己能看懂就行。

再读一下这三行文字，看看"构思"出来的故事是不是在这三行里全部表达出来了。第一行和第二行的内容有没有很大的变化？如果缺乏变化，那么第二行的内容就应该合并到第一行里。把这两行合并成一行，再把第三行分解成两行。再确认一遍第二行和第三行的内容是不是有了更大的变化。确保各行的内容不要重复，也不要漏掉什么重要信息。

如果你觉得每行四十字不够用，那么一定是你写太多了。就像在社交平台上发信息必须遵守字数限制一样，要使劲缩减字数。不要担心有语法错误。因为三行之内一定是无法全部表现出故事的有趣之处的。即使现在读起来没意思也无所谓。各个细节的有趣之处还保存在你的脑子里。现在只需要把故事的结构用三行文字表达出来。

当你觉得故事在极端缩减字数后不仅内容没问题，而且每行都有明确的变化，你就得到了故事的"三幕结构"（三部分结构）。

三幕结构的第一幕是"故事设定"，第二幕是"冲突"，第三幕是"结局"。把这三行文字再读一遍，应该跟这个结构是相符的。在"构思"阶段，你已经跟出场人物一起经历过

第三章　富有魅力的故事梗概

波澜万丈，你能把故事分成这三幕结构，就已经编好故事了。

自然可靠的"构思"的输出

这三行文字分别是三幕的标题。行与行之间要留出空间。第一行和第二行之间留出十行，第二行和第三行之间留出二十行。

这是因为第二幕的长度会是第一幕的两倍。第三幕又与第一幕长度一样，大概有十行。也就是说，长度安排为第一幕25%，第二幕50%，第三幕25%。

在脑子里一边回忆"构思"的故事，一边写三幕的内容。第一幕十行，仍然是每行四十字，用文字表达出"5W1H"。请用十行写完第一幕的所有内容。

在你的脑子里应该会浮现出每个情节中更加细致的内容。即便如此也先不要写得那么详细。只写最重要的事情，浓缩在一行四十字的十行里面。没有必要急着把脑子中的情景、出场人物的心情和盘托出。这些细节不但会一直留在你的脑子里，而且每次想起来都是一次凝练，所以这时候先不用着急全写下来。

第二幕要写二十行。要把第二幕的故事分成二十个阶段。每一行都要检查一下，是不是按照"5W1H"来写的。只要按照这个方法来写就可以，文字不那么优美也没关系。哪怕还不成文，先写下自己能明白的关键词就好，比如"好紧张啊""真没想到"等。

最后用十行来写第三幕。在这十行里要把"构思"的故事全部写完。

故事的三幕结构还有更加复杂的理论，但这里我们只用它来整理"构思"的故事，合理分配字数。如果是用剧本创作的方法来构思故事的话，就会缺少人心中的温度，为了创作故事而创作。而根据"构思"来完成故事的话，可以将出场人物描写得栩栩如生。这是善于将人物内心活动展现出来的"文学艺术"不可或缺的部分。

终于到了写故事梗概的最后一步了。在各行中间加入每个情节中你能想到的所有细节。这时候不再需要四十字的字数限制。也不要"5W1H"的原则。请把你脑子里想到的所有的细节都尽情加进去吧。地点、情景、听到的声音、人物的面部表情、服装……他在想什么、发生了什么、那里有什么么、感受是什么……没有必要从第一幕第一行开始按顺序

第三章　富有魅力的故事梗概

想。就把你想到的地方挨个填进去就可以。无论哪个情节怎么扩充都没问题。即使三幕的字数比例失衡了也不要担心。因为我们已经根据故事的发展合理分配过字数了，所以开始写的时候，它也会自然而然地保持三部分的构成比例（因为写的是小说，所以开始动笔之后我们就不说三幕了，说三部分）。现在就请尽情地把你想到的内容加进去吧。

当我们把所有想写的都写完之后，在别人看来这可能是极其难懂、毫无逻辑的文字堆砌。篇幅也许有五页，也许有五十页。因为是自由书写的，所以结果因人而异。就算篇幅很短，你脑子里也会留有更详细的信息，可以随时补充到各个情节里去。

这时候再从头到尾读一遍，当发现还有没写进去的内容时，再加进去。就像画画时颜料会留在画板上一样，要把梗概写得非常饱满。这之前的阶段都不需要我们发挥文采。不要试图用写东西的自豪感来掌控文字。华丽的文风看似漂亮且高大上，但容易歪曲自由的"构思"。关于怎么遣词造句，我会在下一章谈执笔阶段时介绍。一定不要还没走稳就想跑。

把 Word 文档打印出来，用夹子夹好。这时候你终于做好了成为小说家的准备。接下来就开始写作了。

第四章　充满好客精神的写作方法

每家出版社的编辑都用 Word

小说写作的基本规则

写作遇到困难时的处理方法

反复地"推敲"

"好的作者也是好的读者"的谎言

第四章　充满好客精神的写作方法

每家出版社的编辑都用 Word

　　在开始写小说之前，请先读一遍小说梗概。找出需要事先调查的部分。关于专业知识，大概的情况在网上查一下就可以了，但当开始写作的时候，就需要收集到确切的资料。

　　虽说如此，第一次写作也不能花费过多，因此主要可以依靠图书馆。在图书馆里把重要的材料复印下来。如果你特别注重真实感，那么一个信息至少要通过三种途径得到证实。如果你的故事发生的地点在你能抵达的范围之内，那么就应该真正去一次，拍一些现场的照片。不要觉得用谷歌地图就行了。因为只有身临其境才能切身感受到当地的环境。

　　但是根据故事的不同，有时候也需要特意歪曲一下真实的情况，或者构筑与现实毫不相干的独自的世界观。幻想类小说使用这种手法会让小说变得有趣。在你的创作思路里，没有绝对的规则。

　　开始写作的时候，先准备几个范本。这应该是你敬重的作家写的文笔特别好的书。不用管社会上对它的评价，只要你喜欢就好。如果你要写的是历史小说，那么范本也应准备

43

历史小说。如果你要写轻小说，那么就找轻小说的范本。

范本仅用来作为遣词造句的参考。有的时候你会写得跟范本越来越像，但从一开始就要有意避免原封不动地用范本里的句子。

不要相信"只要日积月累地抄职业作家写的小说，就能越写越好"这种话。当你组织语言的时候，大脑的前额叶就会活跃。特别是考虑语法的时候，前额叶下部会不停地工作。而只是抄写的时候，使用的主要是左脑。创作和抄写的思考方式不同，只抄写没有意义。还不如多读几遍范本更能让你掌握写作技巧呢。

在开始写作之前，要根据梗概先想一个题目。这只是一个临时的题目，写完之后再改也没关系。

小说是心理学上所谓"黑箱效应"很明显的商品。也就是说，它不能像视频、音乐那样简单地试听样品，不读进去就分不清善恶美丑，因此会调动对未知事物（及相关体验）的期待感。对消费者来说，判断买还是不买的第一个信息就是题目。所以我们要根据黑箱效应，起一个能吊起读者胃口的题目。

写作的时候用 Word 来写。现在所有出版社的编辑都使用 Word，因此写完之后无须转换格式，直接用附件发送

Word 即可。Word 里也有注音假名等功能。

小说写作的基本规则

你一定看过小说，也一定了解写小说的规则。每段开头要空一格。当对话的前引号出现在一段开头时则不空格。台词的最后不加标点符号，就像"听说是这样哦"一样，用后引号结束台词。"…"这个三个点的符号叫作半省略号，但在文中要连续用两个，六个点，就像这样"但是……"。感叹号后面要空一格，比如"快去！立刻"。文中不要过多使用感叹号或问号。跟感叹号、句号一样，后引号不放在一行的开头。这一点 Word 会自动调整。①

在梗概中我们可以随便使用拟声词、拟态词，但在真正写作过程中要加以控制。只在最需要的地方使用拟声词、拟态词，其他地方则直接描写或用比喻手法来写。但是在轻小说中，多多使用拟声词、拟态词被认为是一种样式美。这种情况请参考你的范本。

---

① 指日语中的情形，请读者参考阅读。——译者注

还有用汉字写的数字和用阿拉伯数字写的数字。并不是说如果有一处用汉字表述数字了，那么其他地方就不能用阿拉伯数字了。特别是机械器材的生产编号等，如果用汉字表示数字就会不自然。这时候最好区分标记。

对话以外的文字，叫作"叙述部分"。在日语中，一般人们互相称呼姓氏的情况比较多，所以台词中也会多用人的姓。但是在叙述部分，只把男性的第三人称用姓氏表示，而女性的第三人称用名字表示，这样就可以很容易地区分人的性别。比如出场人物中有凛田莉子（女性）、小笠原悠斗（男性），那么就会写成"莉子紧紧地盯着小笠原"。当然这也不是一定之规，选取自己认为最合适的写法就可以。

叙述部分首先要交代场景，然后描写人物，接着写对话等人的行为。虽然有的文章一上来就写对话，或者描写不知道是谁的人物行为，但是对新手来说，按部就班地写清楚不会有错。

动画里即便出场人物突然入镜，也会根据视觉信息理解所有的情况。但是小说就不一样了。小说无法在一瞬间提供所有的信息，比如：是白天还是晚上，室内还是室外，人物是谁，打扮如何，等等。因此写作顺序应该是从容易看到的

第四章　充满好客精神的写作方法

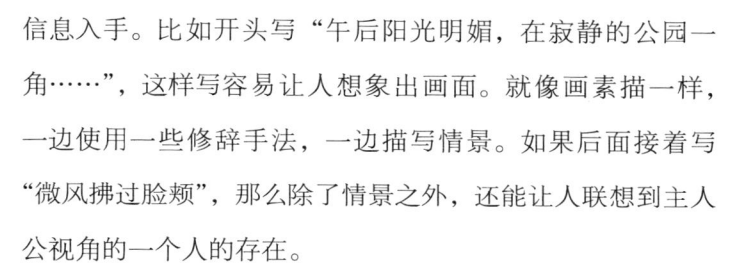

信息入手。比如开头写"午后阳光明媚，在寂静的公园一角……"，这样写容易让人想象出画面。就像画素描一样，一边使用一些修辞手法，一边描写情景。如果后面接着写"微风拂过脸颊"，那么除了情景之外，还能让人联想到主人公视角的一个人的存在。

就算使用第三人称，也应该在同一章里统一成某一个人的视角。在漫画或电影中，一个场景之内的视角可以自由切换。但小说中如果频繁切换只会干扰阅读。比如："莉子想，他真是个自私的人。但小笠原自己并没有在意。"这句话首先写莉子的想法，然后写小笠原的想法，这两个人的内心都写到了。也就是说视角突然变了。这种情况不如统一视角来写。比如就用莉子的视角来写，可以写成："莉子想，他真是个自私的人。莉子默不作声，只是盯着小笠原看。但她看到的只是小笠原满不在乎的表情。"

人们常说资深作家和编辑才会对视角描写这么在意。在评选新人奖的投稿作品时，如果文章中的视角不统一，则会被扣分。但这点也不用过分担心。写轻小说的时候就是要摸索自由的表达方式。并不存在绝对要遵从的规则。

可以参考自己准备的那两三个范本。因为范本是你自己

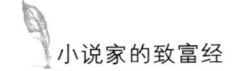

选的，一定是你认为有着最好表达方式的小说，所以范本就是最好的参照。

写作遇到困难时的处理方法

如果说文字表达像写生，那么写作过程可以说类似素描。刚写好的初稿不一定要面面俱到。一般都要经过在电脑上不断修改之后，才能达到满意的效果。每次回头看的时候都要修改，现在人们在社交平台上留言或写邮件也是这样的。虽然在很大程度上依赖电脑工作，但现代人的文字是非常精练的。这也是人们说每个人都能成为小说家的一个原因。

大家都说，万事开头难。但如果你根据"构思"已经从头到尾设计好了整个故事，那就不用吃什么苦头了。就像结束了采访取材回来的纪实作家一样，心里已经明白应该写什么了。这就是"构思"先行式写作和以前的"边想边写"式写作的巨大差别。不仅文章的整体感觉不同，而且还能避免做无用功，让读者读起来一气呵成。

即便如此，开头还是很重要。但冥思苦想第一句的状态不会持续整个写作过程。

第四章　充满好客精神的写作方法

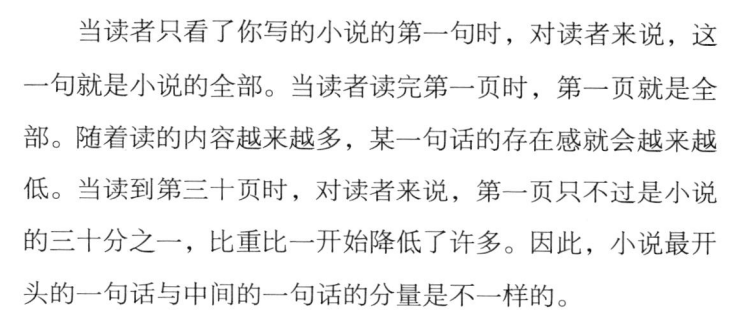

当读者只看了你写的小说的第一句时,对读者来说,这一句就是小说的全部。当读者读完第一页时,第一页就是全部。随着读的内容越来越多,某一句话的存在感就会越来越低。当读到第三十页时,对读者来说,第一页只不过是小说的三十分之一,比重比一开始降低了许多。因此,小说最开头的一句话与中间的一句话的分量是不一样的。

人生也是如此。婴儿的时候觉得一年很长。但对于四岁的孩子来说,一年就是人生的四分之一。长到十岁就是十分之一,二十岁就是二十分之一。一年在一生中的比重减少了。这也是人越长大越觉得时间过得快的原因。

读者也是一样的。小说开头的第一句话因为在读者刚开始看小说时就是小说的全部,所以应该格外用心写。但每句话的比重会越来越低,所以表达上也可以渐渐地变简单,这样到了后半部分会让读者感觉读起来更容易。

经过了"构思"阶段,写了梗概,再开始真正写小说的话,一般是不会中途写不下去的。但有时候会出现因为用词而绞尽脑汁,突然停下来进行不下去的情况。当你写不下去的时候,就干脆把这几行或者这一段都删掉。因为这时你就像走进了死胡同一样。当你怎么走都走不通的时候,就不要硬走了。要回到上一个岔路口。

小说家的致富经

新手往往会出现一种情况，就是明明"构思"阶段想好了的人物角色，在写作的时候却写不出来了。这是因为脑子被写作时遇到的困难填满了。在"构思"阶段明明想好了主角是演员北川景子演的主人公，但写作的时候连那个人长什么样都想不起来了。

在这种时候看看墙上贴着的照片会管用，但如果无论如何就是想不起来的话，那就直接用演员的名字来写。之后再把"北川"或"景子"的名字全部替换成自己作品里的名字。但注意 Word 自动替换有时候会替换错。比如要把"安室"这个姓全部替换成"山寺"，结果原本不相关的"灵安室"也会跟着变成"灵山寺"。

没有必要给自己规定一天必须写多少。如果某天下班后很累，还勉强去写的话，写得不好过后还得改。你在创作艺术作品的同时，也是在制造一件商品。如果制造出一个残次品的话，会很难卖出去的。

我们需要用 Word 写至少十万字[①]。这是写一本口袋书小说的最低限度。如果作品要投稿给新人奖，那么就要遵守征

---

① 日语的十万字大约是汉语的七八万字。——译者注

第四章　充满好客精神的写作方法

文启事里写的"原稿用纸的页数限制"。把页数换算成 Word 文稿的字数，一般十万字就是四百字一页写二百五十页左右。

如果你完成写作时感到异常兴奋，那就说明你成功了。写完之后要再确认一下是不是按照当初的三部分结构合理分配了字数。如果小说有十万字，那么第一部分和第三部分分别有两万五千字左右，第二部分约五万字。如果字数差别过大，那请调整一下。特别是当你第一次写作时，一定要按照要求去做。如果你按照合理的字数分布来修改的话，那修改后的作品一定会进步不少。有趣的小说一定会成为畅销书。

反复地"推敲"

写完的稿子要保存在多个 U 盘里，甚至可以用邮件的附件发到自己邮箱里。万一遇到意想不到的情况，不至于把稿子弄丢。

每天在写作之前，要先检查一下已经写好的部分。最好能把电脑连接到大电视屏幕上，用大画面来检查稿子。文字字号大些，会更容易发现错字或漏字。

发现故事的矛盾之处、修改文字表达、找出错字漏字，这是三种不同的检查，动脑子的部位也有细微的差别，但这

小说家的致富经

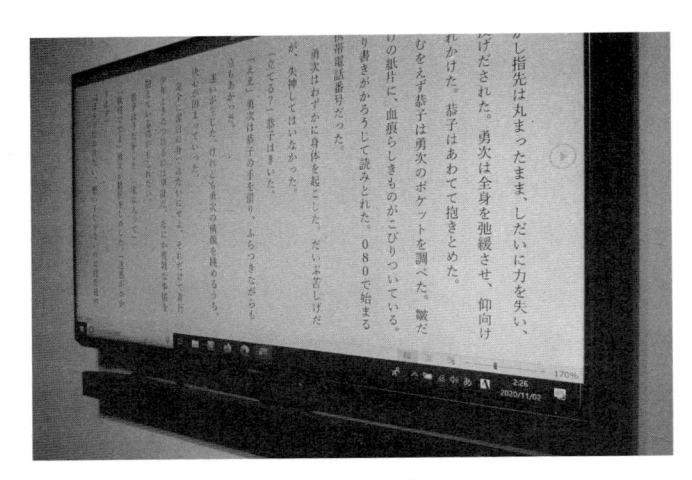

用大屏幕检查书稿

些都被称为"检查"。所以如果你想从头开始一边看一边找出所有问题的话，一定会出纰漏。

因此，为了"发现故事的矛盾之处"，要从头到尾读一遍。而为了"修改文字表达"，我推荐你从后往前倒着读一遍。这是因为倒着读就不会被故事情节干扰，可以把注意力都放在文字表达上面，能修改出更通顺的文字。

为了"找出错字漏字"，请从各章的最后一行开始往前看。这时请不要受"故事情节"和"文字表达"的干扰，只注意找错字即可。

我并不是说这三种检查不能同时进行。在从前往后"发

第四章　充满好客精神的写作方法

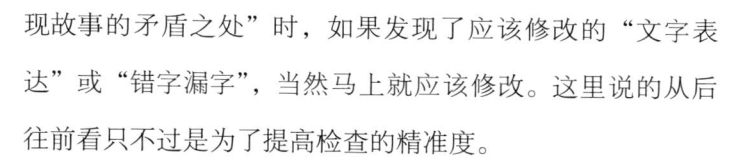

现故事的矛盾之处"时，如果发现了应该修改的"文字表达"或"错字漏字"，当然马上就应该修改。这里说的从后往前看只不过是为了提高检查的精准度。

我们有时会在小说写作指南书上看到文字修改的例句，往往一看就懂，一写就错。只有看到编辑对自己写的文章所做的修改时，才能成长进步。

如果你已经有过跟编辑打交道的经历，那一定知道编辑会把用铅笔标记过的校对稿发给你。如果稿子上有编辑写的修改后的文字，而且你也能认可他的修改的话，那就按照编辑说的改就好。有的时候编辑会只写一个问号。这是说文章前后有较大的矛盾或出入，需要作者自己再好好想一下。我们能做的只有按照编辑的修改意见重新修改。多跟编辑改几次，你会学到新的东西。

如果你还不认识编辑的话，该怎么办呢？网上能找到一些提供改稿服务的编辑。虽然会花点钱，但是这钱花得值。这并不像成功之前的先行投资那么贵，所以用来提高文章表现力还是不错的。就算拿不出来这些钱，也不要放弃。

我们先来看几个不要钱的方法。在网上的免费社交网站上，把你写的文章分段粘贴上去，然后在提问处写上"我想当作家，请帮我修改一下"。当然一定要遵守社交平台的规定。有些狂妄自大的人会给你乱改一气，但请别往心里去。只要那个社交平台有足够的用户，几天之内一定会有人给你改。因为有的人为了成为专业审校人员而需要大量练习。反复读背修改了的地方，直到理解了为止。当然也别忘了跟这位网络上的无名氏说声谢谢。你不能把小说的全文都依次贴上，然后让别人修改，但只贴几行的话，可以贴两次。你必须从这两次宝贵的经验中学习如何修改。尽量去爱看书的人多的社交平台，不要惹人烦。

这就像音乐家的街头表演。你又没有公布长相和名字，所以尽可以放心。只要改一下出场人物的名字，也不会有人来找你。万一在你的小说售卖之后有人发现了是你写的，那也没什么。大家一定会敬佩你的努力，并祝贺你取得了成功。如果你不相信，那一定是过度关注网上的消极评论了。这世上即便是匿名，也还是好人多。

如果你想让别人帮你修改整部小说，那就开一个博客，上传一整章，在留言处写上"有谁能帮忙修改一下吗？"，并在博客里粘贴上链接。

如果你往"成为小说家"（https://syosetu.com）或

第四章　充满好客精神的写作方法

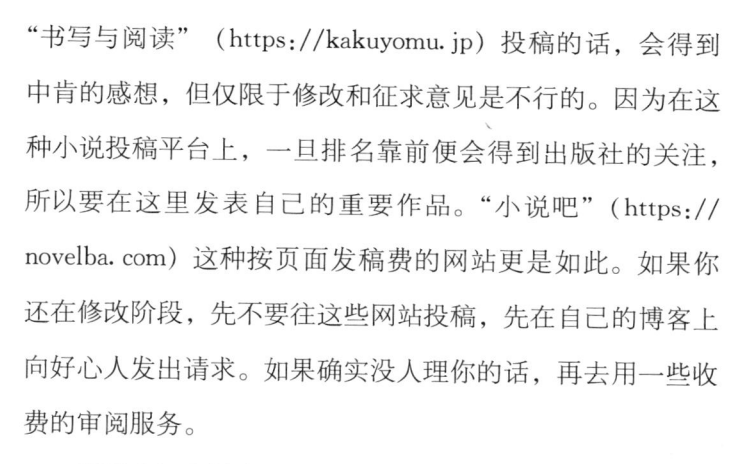

"书写与阅读"（https://kakuyomu.jp）投稿的话，会得到中肯的感想，但仅限于修改和征求意见是不行的。因为在这种小说投稿平台上，一旦排名靠前便会得到出版社的关注，所以要在这里发表自己的重要作品。"小说吧"（https://novelba.com）这种按页面发稿费的网站更是如此。如果你还在修改阶段，先不要往这些网站投稿，先在自己的博客上向好心人发出请求。如果确实没人理你的话，再去用一些收费的审阅服务。

可以在网上检索关键词"小说""修改""服务"等。一些自由写手或由编辑运营的个人服务比较便宜。两万字的修改费在 3 000～5 000 日元左右。文库本一本的最低字数 10 万字，修改费在 15 000～30 000 日元左右。

你可以自由选择，是只请别人修改几章，学会方法后自己修改，还是整篇作品都让别人帮忙修改。只是每个人修改的质量和文风是不同的。可以先用一章多试几个人的修改，找一个你觉得改得最好的用。并不是说便宜没好货，也不是说贵就一定好。

注意不能完全交给别人，自己就不管了。你要通过这个服务，一边改小说，一边学习修改的技巧。读者想看的是你

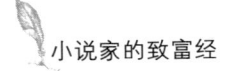

的作品。如果有些地方没经过你的思考就修改了，那就不叫你的作品了。

"好的作者也是好的读者"的谎言

有人说，要想提高写作能力，就得多看书。也有人说，要成为一个好的作者，必须先成为一个好的读者。

但是，有很多人就是不喜欢读书但喜欢看动画，同样也成为轻小说作家，并挣得盆满钵满。说他们的作品是邪道，就像说抽象画是异端一样。新的创作不能依靠过去的常识来进行。新的成功会带来新的常识。

就像我在第一章中写的那样，能享受读书的人几乎可以说是具有先天的特殊才能的。这与写作的才能不一定完全一致。就像美食家不一定能成为厨师一样。

当然，多读书是很好的。但如果你为了成为小说家而学习的话，就不能随意地想看什么就看什么，而是应该反复地读你选为范本的那两三本书。读几十遍、几百遍，一直读到能背下来的程度。

请不要跟其他作家比较，把自己当作对手。小说不是说

第四章　充满好客精神的写作方法

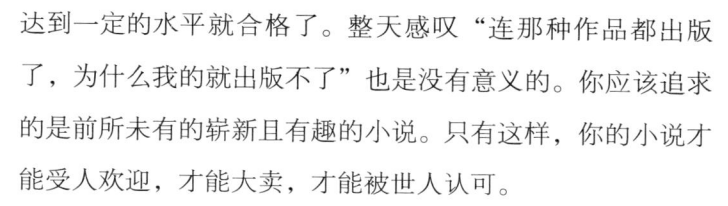

达到一定的水平就合格了。整天感叹"连那种作品都出版了，为什么我的就出版不了"也是没有意义的。你应该追求的是前所未有的崭新且有趣的小说。只有这样，你的小说才能受人欢迎，才能大卖，才能被世人认可。

计算有多少人能成为挣钱的职业作家也没有意义。就算新人奖的获奖概率只有不到百分之几，你也要充分地花时间去写属于你的作品，然后再投稿。只要能进入前百分之几就可以了。没有人能否认你"构思"出来的故事所具有的可能性。

第五章 出版小说的方法

怎么推出你的小说

报名文学新人奖和K-POP的共同点

不走后门也能吸引编辑看自己的作品

从邮件或电话中看出编辑的心理

寄出稿件"两天后"的重要性

向小说网站投稿时的注意事项

读小说的感想只有两种

自费出版不会让你成为畅销书作家

第五章　出版小说的方法

怎么推出你的小说

　　修改完毕，就完成了初稿。接下来就是请别人来评判作品了。但在那之前，需要自己再通读一遍。

　　不管谁看你的小说，如果没有给出很好的评价，大多是作品在"构思"阶段出了问题。在文章表现力方面，人们会顾及你是新手，而且现代人的文章表现力可以借助电脑的力量而变得很好，何况还经过了修改，一般没什么大问题。如果编辑要求你重写，那就回到"构思"阶段，更加自由地展开想象吧。也许你会想要修改某几个章节，而不是整个故事。修改的部分标出之后，再请人读一遍。

　　现在你的手上有一篇完成的稿件，还有一个故事的梗概。这回梗概要写得简单易懂，无论谁都能看明白。在日本，作为专业小说家出道的方法主要有三个：一是"向编辑推销"，二是"报名文学新人奖"，三是"利用小说投稿平台"。

报名文学新人奖和 K-POP 的共同点

　　我先来说一下报名文学新人奖。请一定瞄准大出版社的

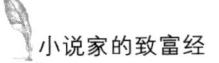

权威的新人奖。如果是没听说过的，或者非常小众的出版社举办的新人奖评比，那就不要去报名了。

提前熟读征稿启事，一定注意，只关注写有"出版后支付规定的版税"字样的征稿。如果没有这句话，售卖获奖作品时的报酬也许会计入奖金里。无论卖得多好，作者都收不到版税，还存在出版社把小说买断的风险。

如果你对法律不熟悉的话，可以在网上贴出"出版权归出版社所有"的字样，问问这是什么意思。经常能见到对于重要的著作权的"财产权"说得暧昧不清的征稿启事。也能看到"著作权归作者，作品的出版权归主办方"这种不可思议的文字。出版权理应包含在著作权的"财产权"里。如果只有著作权的"作者人格权"归作者，而"财产权"都归主办方的话，那就意味着你放弃了所有关于收益的权利。

如果你觉得，"处女作被买断了也没关系。成名之后，从第二部作品开始再赚钱吧"，那是你的自由。但万一处女作就是人生顶峰了呢？所以最好一开始就避开看起来容易引发资金问题的征稿启事。这一点请一定留意。

现在常见的是用页数来规定投稿作品的字数。把页数换算成字数，400字/页的稿纸，250页就是10万字，300页就

第五章 出版小说的方法

是 12 万字。

众所周知，新人奖的公开征集作品不是上来就请评委审查的，而是先由专家预审。预审只看第一页就能判断前文中说过的"视角的问题""文字表达"等方面是否合格。如果水平不够，在预审阶段就被淘汰了。大部分稿件只要几秒钟就能判断。也许你觉得有点荒谬，但专家就是能瞬间区分作品优劣的，毋庸置疑。

在书店看书的人也一样，拿起一本书，如果第一页很难读懂的话，肯定不会买，而是放回书架里去。好看的文章为什么好看，专家心中有数。如果你认真修改、仔细推敲了作品的话，就不会在几秒之内被淘汰。专家会再往下看一看。

"只要文体正确，九成能通过初审"，这种谎言与事实相悖。能进入初审的作品数量不过百分之一，所以说不可能有九成的通过率。但是如果作品是经过仔细推敲的，而且"构思"的故事魅力十足，那么是能够脱颖而出的。我们可以先把小说的一部分发到微博上（新人奖的投稿作品必须是未发表过的新作，因此不能把全文都贴到网上），看看大家的评论如何。在投稿之前把能修改的都改好。

请不要害怕向很多人寻求意见。在网络出现之前，是找不到这么多人免费读自己的作品并且还给出意见的。我们生活在有网络的时代，就积极地利用网络吧。就算看微博的人不多，也一定会收到几个评论。如果一条评论都没有，那么就要考虑更能满足大众口味的内容了。这也是在之后小说上架时，影响销量的重要因素。如果有人评论，那么首先要表示感谢，然后再问问他是否容易看懂。根据评论指出的问题进行修改，就会提升文字表现力。

虽说如此，也没有必要所有事项都按照评论说的做。不论是文字表达还是故事进展，在现在这个快速更新的时代，不一定非要墨守成规。现代人的感受一直在快速变化，就算是纯文学也不可能与以往完全相同。

在新人奖评选中进入最终审查的话，编辑就会联系你了。之后这位编辑就是你的作品的负责人，就像备考指导一样，以第二年获奖为目标，开始加工作品。这就像家庭教师与学生之间那种两人三足的关系一样，不同的是你不用付费。

也就是说，小说的新人奖评选跟 K-POP 偶像的海选一样。已经在事务所接受过培训的练习生一起参加比赛，主办方（出版社）给这些练习生都贴上了获奖的标签，推出新人。

这是不公平的吗？不是。主办方并不会完全无条件地相

第五章 出版小说的方法

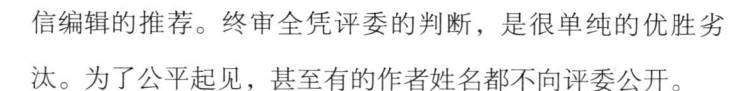

信编辑的推荐。终审全凭评委的判断,是很单纯的优胜劣汰。为了公平起见,甚至有的作者姓名都不向评委公开。

投稿的时候,你是不是会担心"好不容易写好的稿子会不会被埋没或丢失"?不用杞人忧天。主办方也不知道哪篇稿子里有宝,所以会非常慎重地对待。至少不会出现寄丢了的情况。

根据之前的评选情况来看,不管是谁的作品,都有可能受到评委严苛的点评。如果你无论如何也不能接受评选标准,那无论多么权威的评选都不要参加。因为你是打算要作为职业作家来挣钱的,所以就不要浪费精力和时间去做无用功。

不走后门也能吸引编辑看自己的作品

如果你打算成为专业的小说家,那么我推荐你的方法是"先联系出版社的文艺编辑部,约定好他们会看你的稿子,然后再投稿"。有点意外吧。这与漫画的投稿方式相似,现在的出版中介也常用这种方法(见后文)。

如果在推特[①]或脸书等社交平台上有你看中的在编辑部

[①] 已更名为 X。——译者注

工作的编辑，那就给他留言，争取能直接对话。即便没有文艺部的编辑，看到同一家出版社的其他工作人员，也可以拜托他介绍编辑。首先要尽力在网上与编辑取得联系。以前的办法是拨打书的版权页上标注的编辑部电话。

有不少人担心：这样做会不会太冒失，引得人家不愉快？明明有新人奖公开招募或网络投稿网站，却还直接推销，会不会让人嫌烦或生气？其实不会的。我先来说一下以往的方法。现代也一样，作者也要学会经营。

打电话过去，对于从没见过面的编辑来说，基本上会对你说"先把内容简介发给我吧"。编辑也想遇到优秀的稿件，所以如果没有特殊情况的话，是不会轻易拒绝来访者的。

但有的编辑确实案牍劳形，也有的编辑部根本顾不上出版新人作家的作品。所以也不能说百分百不会被拒绝。即便被拒绝了，也许今后还有合作的机会，所以不要上来就生气，而是要有礼貌地表示感谢。不要感到气馁，再去尝试其他出版公司。这毕竟比找工作容易。找到第二家、第三家的时候，一定会有人说讨论一下出版计划吧。就像第三章说过的一样，这并不意味着作品确定能出版了。千万别得意忘形。

第五章　出版小说的方法

别忘了也要感谢在社交平台上帮忙介绍编辑的出版社工作人员。一定要有礼貌。一切都是责任自负，如果对方生气了，一定要道歉。如果有人指责你厚颜无耻，那只能想一想，是不是自己的为人处世方式出了问题。尽量找你觉得能合得来的人给他留言，先交流一下双方都感兴趣的话题，然后再切入正题，这样成功的概率会更大。

你接触的出版社一定得是大出版社。也就是说得是出版过许多文艺作品，而且大家都知道的出版社。不要以为"就算是中小出版社出的书，只要摆在书店的书架上，结果是一样的"。

虽然无名的小型的出版社比较好沟通，但如今出版业不景气，小出版社出现问题的概率也大。你可以先在网上检索一下公司名字，看看公司有没有出现过"拖欠稿费""赖账""拒付"等问题。

也不要找"编辑工作坊"。这并不是好坏的问题，而是工作导向不同。专业编辑寻求的是"可以完成越来越多的作品"的作家。

这并不是瞧不起中小出版社和专业编辑。只是考虑到你的目的，这些公司很可能无法在销售上投入足够的资金。如

67

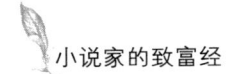

果你想为营销做出点贡献,那么就在大出版社出道,打出名声,然后再在这些出版社出版新写的作品。

时代进步了,没有那么多难打交道的编辑了。那样的人出版社也没有余力给他支付工资。虽说不必过于担心,但因为你是要成为职业作家并以此为生的,所以一开始一定要选一家大出版社。

如果你现在正在一家中小出版社或编辑工作室工作,或者作为作者已经与中小出版社取得了联系,那么也没有必要离开。但如果你为了作为小说家出道,那么你心里要清楚,出道的地方绝不是这里。不要认为梦想是在现状的延长线上,而要独自披荆斩棘。假如有大出版社的编辑到访你的编辑工作室,那么他只是编辑工作室的客户,不是新人作家的星探。你可以请求他给你介绍文艺编辑,但介绍完之后还要你自己去联系。也就是说,你的起点跟那些从没接触过出版业界的人是一样的。

从邮件或电话中看出编辑的心理

当作者联系编辑部说"无论什么书都可以,总之想出本

第五章　出版小说的方法

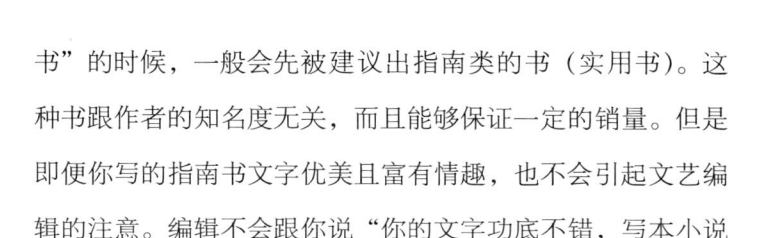

书"的时候，一般会先被建议出指南类的书（实用书）。这种书跟作者的知名度无关，而且能够保证一定的销量。但是即便你写的指南书文字优美且富有情趣，也不会引起文艺编辑的注意。编辑不会跟你说"你的文字功底不错，写本小说吧"。

就算你曾经出版过书，如果不是小说，你就必须按照下面我说的行动，否则也成不了小说家。只要你积极努力，成为小说家的大门就会向你敞开，这一点不用犹豫。

我已经说过几次了，素未谋面的编辑在电话里对你很客气，并不意味着你就一定能拿到出版合同。你还什么都没开始。

如果编辑对你说"先交一个简单的稿子看看吧"，这时你要告诉他"我已经完成初稿了"，并询问是否可以一并邮寄。

如果你听到编辑说"啊？"并且有叹气声，那就是没戏了。编辑压根没打算把你的梗概拿去上会。这时候你就表示感谢后另寻他人吧。

有的编辑会用特别高兴的声音说："真的吗？"不过大出版社的编辑都是经过千锤百炼的强者。他们是熟练的谈判家，并且习惯于表现出一副永远都愿意这样做的样子。他们

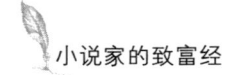

一般不会对一本他们没见过的人写的，而且还不知道内容的小说太感兴趣。尽管如此，既然他们已经对你表示过欢迎，还是要把梗概和初稿寄给这位编辑。

最常见的答复是"我知道了，那么请一起寄来吧。但我还不能向你保证"。这时候我们要想，只要他肯看我的稿件，就已经谢天谢地了。

前面已经提到过，大多数编辑对推销并不排斥，但在某些情况下，编辑部的规定是不接受未曾谋面的新人的稿件（听说新潮社就是这样的）。有的时候他们会例行公事地向你介绍新人奖的公开遴选，让你去联系他们。还有的编辑也许以前曾经被推销惹恼过，从一开始就不想搭理送上门来的推销。

不管对方是什么样的，你做的事情都类似于上门推销或者电话推销。你是突然联系人家的，而对方给了你宝贵的时间，所以始终都要保持低姿态。就算有的编辑生气地对你说"别搞推销那一套！"，你也不要生气，而是要心平气和地表示感谢。你就想，能在电话上跟你说两句已经很不错了。千万别忘了向对方表示感谢。

有些编辑部甚至设有"退稿专用的垃圾箱"。它通常是一个纸箱，放在文学编辑的办公桌上，编辑随手就能将稿件

第五章　出版小说的方法

扔进去。自从发邮件投稿的人多起来之后,这个垃圾箱就没那么常用了,但现在仍有很多编辑部还放着这样的垃圾箱。编辑用他们专业的眼光审查一下前几页,如果达不到要求,稿件几秒钟之内就被扔掉了。

但是你的稿子是经过深思熟虑地"构思",并且推敲过好几遍的,一定经得住考验。编辑会继续读下去的。

在美国,出版中介通常会替你拨打这些编辑销售电话。在日本,虽然出版中介①还不是主流,但他们已经开始代表客户进行营销了。你可以在网上搜索一下"出版中介"。以前因为没有中介,所以没有出版前景的作者只能王婆卖瓜自卖自夸。你只要花几万日元就能委托一家中介公司替你工作,但一定要事先考虑好,是今后一直用中介,让他们替你工作,还是在某个时候独立出来。

寄出稿件"两天后"的重要性

小说作者最期待的就是听到编辑打来电话时兴奋的语

---

① 也称出版经纪人、代理人。——译者注

气，或者收到编辑发来的热情洋溢的邮件。如果有这样的反馈，一定是在收到稿件之后的"两天之内"（更严格地说，是两个工作日之内）。请一定记住这个法则。

一天之内确实很难有反馈。尤其是碰到编辑休息或出差的情况。但两天之内情况就不一样了。即使还没有全部看完，当编辑认为这个稿件无论如何也要保住的时候，一定会在第二天就跟作者联系。当然这时候还没有通过选题会，但肯定有能通过的信心。无论你是老手，还是头一回给编辑投稿的新人，这个"两天"法则是不变的。如果你的稿子非常出色，编辑会先放下手中的工作，优先看你的稿子。

如果过了两天还没有收到回信，那就找下一家。你只会在两天之内收到"编辑的热情回复"。第三天之后，你能收到的顶多是"我觉得你写得真不错"之类不温不火的回复。要么他会要求你修改，要么他会说"我会在选题会上推荐"。虽然也有可能出版，但已经丧失了作者的绝对优势。

如果过了两周都没有收到回复，那就要主动联系一下。如果这时候收到编辑的电话或邮件说"最近真是太忙了"，那就等同于被拒稿了。就算编辑真的很忙，但凡稿子有出版的可能，他都不会这么说。

第五章　出版小说的方法

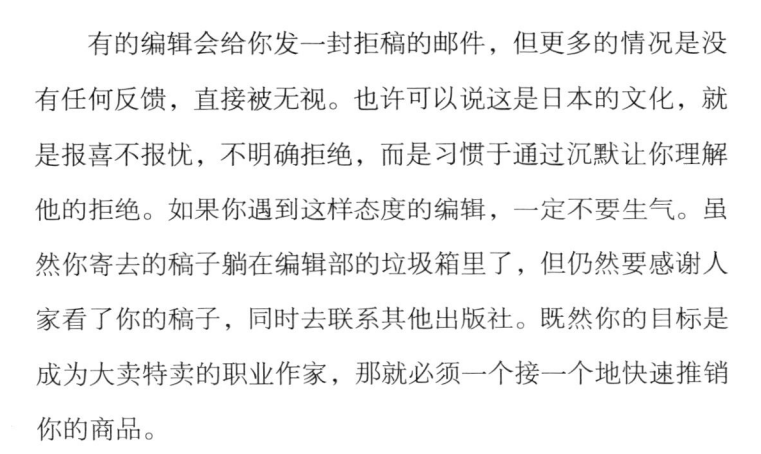

有的编辑会给你发一封拒稿的邮件,但更多的情况是没有任何反馈,直接被无视。也许可以说这是日本的文化,就是报喜不报忧,不明确拒绝,而是习惯于通过沉默让你理解他的拒绝。如果你遇到这样态度的编辑,一定不要生气。虽然你寄去的稿子躺在编辑部的垃圾箱里了,但仍然要感谢人家看了你的稿子,同时去联系其他出版社。既然你的目标是成为大卖特卖的职业作家,那就必须一个接一个地快速推销你的商品。

如果决定在其他出版社出版的话,也要给两天之内没回信的编辑发一封邮件告诉他这件事。编辑不会因此而生气的,反而可能会如释重负地发来祝福邮件。你也应该为自己认识了更多出版社的编辑而高兴。

有时候在"热情洋溢的回复"邮件里会有这样的话,说"总编也看好你的作品哦"。这句话特别能激发小说家的自尊心,而且一般不是刻意奉承。有作品能得到总编的青睐,对编辑来说也是一剂强心剂。他一定是感到特别高兴才这么写的。

如果编辑看好你的作品,却没有提总编的意见,那么你一定要发邮件去问一下:"十分抱歉,我能请问一下总编的真实想法吗?"这时也许你会收到邮件说,"总编也很满意"。

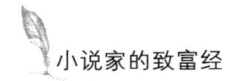

如果收到了这样的答复,那么在你去拜访出版社见到编辑时,你可以提出"我也想见一下总编"的请求。即便总编很忙不在公司,那副总编或者主任之类的领导也会来见你。最好能跟他们交换一下联系方式。

你是独资经营者,因此在商务方面你的经营行为也很重要。也许你会觉得:"我还没出过书呢,能这么厚颜无耻地提要求吗?"但是别忘了你有无限的可能性。正因为你前途无量,才会得到编辑们的器重。万一出道之作没能大卖,那就再也不会有机会见到出版社领导了。无论如何都要在这个时候与领导见面,以防你的编辑临阵退缩。

这么做并不是瞧不起编辑。因为不管你的小说是否畅销,公司里都会有频繁的人事变动。你的编辑也有可能会被调到其他部门。就算他有后任,你还要从头开始与新的编辑建立信赖关系。如果你跟多位领导认识的话,后续会很方便。

向小说网站投稿时的注意事项

想要在小说投稿网站上占据最佳位置,成功的概率似乎非常低。这是因为网上的竞争是肉眼可见的。实际上不管是

第五章　出版小说的方法

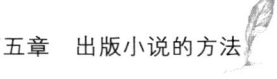

通过新人奖还是自我推销，出道的难度都一样。

像"成为小说家""书写与阅读"这种网站上，想成为小说家的人们自发地相互竞争，他们作品的受欢迎程度在排行榜中一目了然，这对出版社发现新人来说是很有帮助的。对参与者来说，自己的作品被淹没在众多投稿当中，很难有出头之日。投给这些网站上的小说大部分是轻小说，作者获得人气的主要因素是个人喜好。而且这类作者受流行趋势的影响很大，读者喜欢什么人物和舞台背景就写什么，随着流行的变化而不断变化。

要想在这种网站上占据优势，就得多读几篇人气作品，并在"构思"阶段有意识地模仿。不过这并不是一种堕落的对策，因为如果你不往流行风格上靠的话，网站用户是不会看你的作品的。

即使是普通文学作品，也有一些适合精装本的文体和题材，而另一些只适合平装本。专业艺术家会顺应这些趋势，来决定自己的创作方向，同时兼顾商业需要和自身的艺术性。

要想在"成为小说家""书写与阅读"这种网站上取得成功，就得让你的风格向排名靠前的作品靠拢。这也是一种善意的举动，为的是让读者更容易接近你的作品。你的特点会通过"构思"自然而然地体现出来。你的原创性会给读者带来新鲜感,因此你的作品并不是山寨版。

在"成为小说家""书写与阅读"这种网站上排名靠前的话,就会有出版社来找你了。如果作品在出版之前就已经广为人知,那一经推出就会被一抢而空。但对轻小说而言,初版(首次印刷上市的部分)大多有测试其市场竞争力的意思,所以印量不会太多。因为轻小说一次会发行许多不同题目的作品,所以很容易瞬间就被埋没了。

现实的残酷还不仅如此,如果初版的销量不佳,那就无法继续连载下去,就像杂志上的连载漫画一样。这一点与普通文艺作品不同,可以说这是以连载为前提的轻小说的宿命。只有获得了一定的好评,且初版几乎全部卖光,才会加印(增加印量)。接下去如果还能改编成漫画或动画,继续展开各种媒体的 IP 的话,就会不断加印,你就会成为拿到巨额稿费的小说家。

也许在旁人看来,轻小说的漫画改编快得不可思议,但当事者往往不这么认为。从出版社做出漫改的决定,到漫画杂志编辑部征集漫画家,再到开始连载,需要几个月的时间。如果改编成动画,最快也得需要两年。

第五章　出版小说的方法

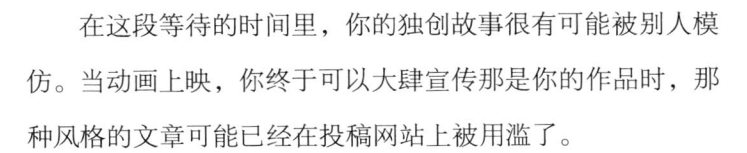

在这段等待的时间里，你的独创故事很有可能被别人模仿。当动画上映，你终于可以大肆宣传那是你的作品时，那种风格的文章可能已经在投稿网站上被用滥了。

令人不可思议的是，任何人都可以随意盗用小说投稿网站的作品创意，这居然成了一种默认的做法。也就是说，创意没有得到应有的尊重。这种情况在文学圈是怪象，但在轻小说业界却是很普遍的。

所以，如果你梦想成为一位成功的小说家，当你在这些网站上获得人气之后，必须马上着手出版作品，不能给别人抄袭你创意的机会。

需要在题目和内容梗概中加入符合大多数读者趣味的元素。尽量去掉文字中冗余的表述，以方便阅读，并使故事的进展节奏明快不拖沓。如果没能成功吸引读者，就要回到"构思"的阶段，更换出场人物。根据最新的流行趋势，换两个主角和一个配角。作为故事背景的三张风景照片也全部换掉。重视读者喜好的轻小说可以让脑子里的"构思"直接发挥效果。只有读者能接受，小说才算成立。因此你去取悦读者，并不是什么怪事。

然后需要提高写作的速度。理想情况下，如果轻小说得以出版，那么连载可以每隔一个月发行一次。即便是在尝试给网站投稿的阶段，最好也给自己设定一个期限，在期限之内要写完。设定了期限，会让脑子高速运转，工作效率提高。

在"构思"阶段已经考虑好了故事的结局，全部写完后开始投稿。这跟投稿新人奖或开始推销一样。特别是在小说投稿网站上，最好能快速地一章接一章地投稿。为此，事先已经全部写完的小说就有很大的竞争力了。当你连载到大概十万字，相当于一本平装本[①]的长篇小说时，就会得到认可，人气也会明显上升。如果你前半部分埋下的伏笔在最后漂亮地收尾了，那么就能得到非常高的评价。

读小说的感想只有两种

在小说投稿网站上占据竞争优势的技巧之一是把握合适的投稿时间。比如"成为小说家"网站上，深夜的投稿没什么人看，浏览量很难上升。因此白天投稿比较好，但是在中午之前投稿的话，又会立刻被其他投稿者的大量预约稿件冲

---

① 平装本，日语里叫文库本，是一种图书出版形式，通常采用 A6 纸张，尺寸较小，价格较低，也叫口袋书。——译者注

第五章　出版小说的方法

掉。所以稍微错开一点投稿时间，是比较流行的做法，甚至有必要为了让自己的稿件容易被看到，特意晚几分钟上传。

就算排名没有马上冲到前列，也不要气馁。就像即使书出版了，也容易被埋没在众多出版物当中一样。为了让自己的作品引人注目，可以参考读者的评论，继续努力写稿子。

不要害怕差评。就像吃饭一样，如果一家饭店的饭菜不好吃，谁都会告诉朋友"那家店不行"。这种评价里面也包含了这样的期望，那就是"饭店的地理位置不错，所以希望店家提高菜品质量"。现在这个时代，无论哪个领域，只要开一家小店，网站的评论区里都会有一颗星的打分。大家都是随便点的。请不要把差评当成攻击。

但是被差评指出的内容不能直接反映在作品中。人们的感想只不过是"有意思"或者"没意思"。所有的理由都是马后炮。人们可以说"主人公是非现实的存在，所以很有趣"，也可以说"主人公是非现实的存在，所以没意思"。这时候，没有必要纠结"主人公是非现实的存在"这一点。读者也不是评论家。你只能知道一个大概，就是这家饭店好吃还是不好吃。

编辑的意见也是一样的。如果你认同编辑说的"请修改

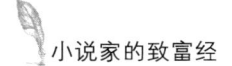

一下这里"的意见，那么就按照他说的去修改。如果不认同，就找其他出版社。不用跟编辑对着干，你可以说"请允许我考虑一下"，然后把稿子寄给其他出版社的编辑。这不同于一稿多投，所以这样做没问题。如果另一家出版社同意出版了，那么跟之前的编辑说一声就好了。

　　虽然说要尊重编辑，但毕竟这是你的作品。"只要书能出版，一切都按照编辑的指示修改"，这种想法是不对的。书畅销的话，你的下一本书还是只会按照编辑的指示行事。如果作者本人都不知道作品的优势在哪里，就写不出相同水准的作品了。

自费出版不会让你成为畅销书作家

　　我不推荐也不劝阻自费出版。但是如果你想成为能赚钱的作家，那就没有必要走这条路。你想通过写小说赚钱的话，就不要白白浪费钱。就算花几百万日元做了商业出版，也不要期待出版社能做出相应的营销、发行、宣传和销售来推你出道。如果你的书能被放在书店的宣传柜台上，那简直是梦寐以求的，但往往等来的只是被放在普通书架上而已。

第五章 出版小说的方法

经常看到有的宣传说，通过自费出版实现了数十万本的畅销量。但是这样的小说，如果通过商业出版，也可以大卖。只不过作者选择了自费出版而已。比如投稿文学奖项，或者坚持不懈地投稿，肯定能实现商业出版。

也有的自费出版的书通过大型商业出版社，作为文库本重新出版而取得成功，作者成为人气作家。这是将自费出版的书送到大出版社进行促销的结果。这跟一开始就直接约编辑投稿是一样的。自费出版的书被大型出版社的编辑看到，然后等待商业出版文库本的邀约，这比用网站上发表的小说等待出版邀约难多了。因为自费出版的书不如在网上免费公开的文档容易被人看到。而且对编辑来说，自费出版的书已经是成书了。如果不是格外畅销，就没有必要在自己的出版社再出一遍文库本。

也许有的人觉得举办"出版庆功会"的人才是理想的成功作家。但那与小说家出道不是一个层次上的活动。如今，"尝试出版"的初版会极力减少印刷数量，而且也挣不到什么钱，更没有小说家会为了庆祝出版而举办庆功会。

出版庆功会大多是不以作家为工作的企业家借自费出版之名，为了扩大人脉而举办的聚会。多半是企业家或已退休

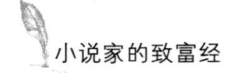

的企业高管出版自传的情况。自费出版本身就是不考虑赚钱只为了纪念的行为，庆功会也是在这条延长线的活动。也许来参加的人会带来红包，但肯定不能盈利。

　　文学奖颁奖典礼的聚会当然是出版社举办的。或者是为了纪念某位知名作家出道几十周年，也许出版社和来参加活动的相关人士会共同出资举办宴会，但无论如何这都不是"出版庆功会"。就连畅销小说家也不会举办庆功会，这是出版界众所周知的。

　　即使被所有的出版社拒绝了，并且落选了所有的新人奖，也不用考虑自费出版，你还可以通过电子书籍来发表你的作品。这与自费出版不同，不需要花什么经费。而且比起纸质书通常只有一成的版权费来说，KDP可以拿到七成之多。

　　70％的版权费仅限于KDP独家出版的情况。但是在亚马逊上卖不掉的电子书在其他电子书店也不会畅销，所以只关注KDP就可以了。在亚马逊上，在一个商品的页面上会显示出关联商品，所以它会给爱看某类小说的读者推送类似的作品，这也是一个优点。即使是新手写的书，也一定会有人来买。

第五章 出版小说的方法

可能有人会觉得利润微薄，但电子书可以面向整个日本发布，而且长期以来，有保障的货币化平台一直是人们梦寐以求的。如果一本小说在书店上架后卖得很好，就会在 KDP 上获得一定的点击量。一旦你取得了一定的成功，就可以把纸质版的书连同电子版一起推荐给编辑。如果你有较好的业绩，编辑更容易通过选题会。如果你的书在 KDP 上卖得很好，也会有出版社来跟你联系。

所以不到最后一步不要放弃希望。但是每天都在网上查看 KDP 销量，就相当于计算一个死去孩子的年龄。让我们暂时放弃这部作品吧，因为它落到了一个为了零花钱而大打折扣的人手里，不如开始构思一部新作品的新"构思"吧。

第六章　万无一失的审校方法

四六开本还是平装本

高效审校样稿的方法

复核校对稿的重要性

轻小说的插图制作过程

第六章　万无一失的审校方法

四六开本还是平装本

　　从现在开始的工作，是你的作品已经决定出版，开始跟编辑一起走有关出版的步骤的阶段。但请你在出道之前再从头到尾读一遍你的书。你需要知道你所期望的职业要经过哪些流程。即便已经确定出道，也请把书放在手边，随时可以参考使用。

　　一旦编辑部决定出版，就会确定出版日期、制作计划和图书样式。图书样式主要有四六开本①、新刊书②以及平装本③。其中四六开本又分硬皮精装和软皮平装两种。

　　以往出版界的惯例是，普通文学书首先出单行本④，过一阵子之后再出新刊书，最后出平装本，尺寸逐渐减小。也可以说这种销售方法是随着岁月流逝，书越卖越便宜。但这种商业模式早已不复存在了。现在更多的是首先出单行本，

---

① 四六开本的尺寸是 127×188mm。
② 新刊书的尺寸是 103×182mm。
③ 平装本的尺寸是 105×148mm。
④ 单行本的尺寸是 128×182mm。

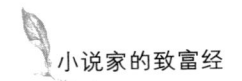

然后马上出平装本。一开始就出文库本的情况也在逐渐成为主流。

  这样做有几个理由。比如单行本价格贵而且不方便携带，所以渐渐无人问津了。而且单行本一旦进入二手市场，再出平装本的时候就不好卖。绝大多数单行本的初版印刷数量极少，几乎无法盈利，等同于"试出版"。如果试出版的营收不好，那么文库本的初版印刷数量也会减少，就会导致单行本和文库本的销量都低迷。如果一开始就出文库本的话，人们可以用比较便宜的价格购买，有利于提高销售量，同时也有望增加印刷数量。

  处女作出版成四六开本可能会让作者感到很有面子，但为了尽早吸引到大量的读者，也可以多多印刷平装本，用最短的时间获得最多的读者。如果可以选择，那么就跟编辑商议决定吧。

高效审校样稿的方法

  写完的稿件要用电子邮件的附件发送给编辑。进入制作工序后，首先会有一版样稿出来。编辑和工作人员进行过审

第六章　万无一失的审校方法

校之后，会通过快递或闪送寄给作者。

样稿是介于书稿和书之间的东西。就是在成书之前，每一页的文字和排版都确定好了的"审校稿"。将书摊开的两页纸的内容放在一张纸上打印出来。杂志的样稿一般不打印出来，就用电子版进行修改。而文学作品通常会出一份纸质版的样稿。虽然书稿在电脑上已经进行过细致的推敲了，但其实放在纸质版上一看，还是会发现一些错字或漏字。

我们需要知道审读和校对的区别。审读是为了改正文中的错误。校对则是对比之前的和现在的稿件，看是否进行了正确的修改。初校就是比较书稿和第一版样稿。

当出了第一校的样稿之后，首先编辑和工作人员会读一遍，用笔标记出应该修改的错字漏字或表达方式，基本上会划掉有问题的地方，然后在旁边写上订正后的文字。

有时候也会标一些指示性的记号。比如要删除某一部分，并让后面的文字补上来的话，会标记"删除并接排"，或者只简略标记"接排"。如果只删除不接排后面的文字，就会标记"删除"。"保留"意味着保持现状不变。除此之外，还有专门的符号标在应该换行的地方。编辑会告诉你这些符号的意思，也可以在网上检索"校对符号"，查查它们对应的意思。大部

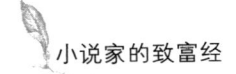

分符号你都能一看就懂。如果有不明白的，请联系编辑询问。

　　作者一边看初校稿件，一边用红笔或签字笔进行修改（参照下面的图）。用橡皮能擦掉的铅笔印记只不过是一个提醒，而用红笔标记的修正部分则是确定要修改的。下一次出二校稿时，会将红笔写的订正要求改进来，所以一定要小心谨慎。

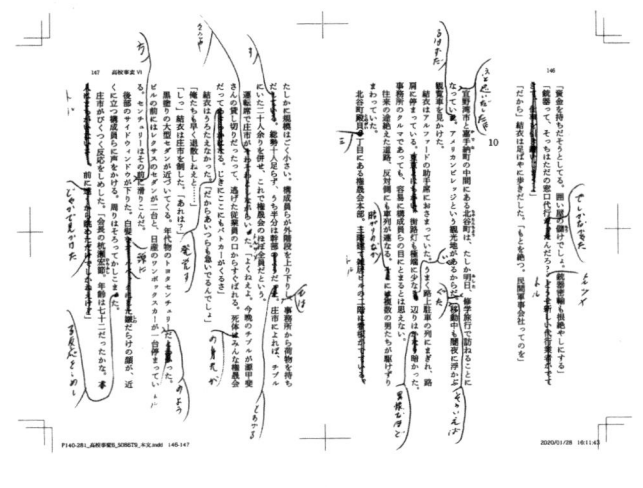

修改标记

　　当在样稿上用红笔做出修改时，请用电脑打开自己的原稿（Word 文档），同步做出同样的修改，再检查一下语句是否通顺。

第六章　万无一失的审校方法

以往说起修改样稿，只有用红笔标记这一种方法。修改之后纸面会变成什么样子，只能听天由命。现在因为可以用电脑，所以没理由不用。有时候用红笔改后的文章感觉很自然，但用电脑打出来之后，会发现有些意想不到的错误。所以跟写作时的推敲一样，校对时也要把电脑接到高清大屏幕上修改，这样更容易看出问题。

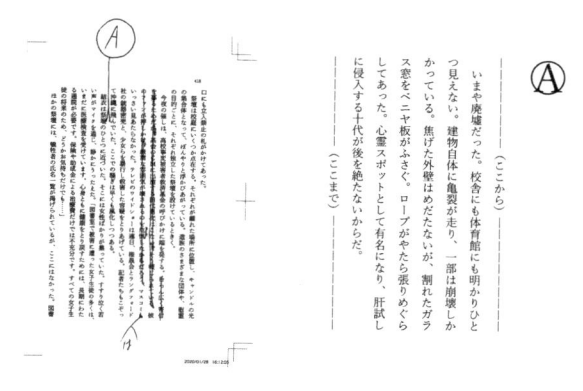

标记大段修改内容

如果是大段文字的修改，用红笔改不下的话，则需要用电脑打出修改后的文字。在校对稿上插入或替换的地方标上"A"等标记，然后再把"A"对应的 Word 版文字单独发给编辑，就像上图那样。如果修改的文字很长，打字员在打字的时候会容易出错，因此他们也希望你能自己把文字打出来

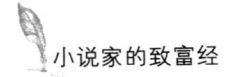

发送过去。

校对也跟写作时候的推敲顺序一样，从最后一章往前反着读，可以不被故事发展牵扯精力，从而集中于文字的表现。整体读过几遍之后，从最后一行开始往前看，可以发现漏掉的错字等。

从后往前看不是什么让人愉快的工作。也许你会觉得读着很别扭。但是这也正说明你没有被故事吸引。当你从前往后看校对稿的时候，不会觉得那么累，是因为你逃避到读者的快乐当中去了。这样一来，你就难以发现错字漏字。即便反复读好几遍，每次都会在同样的地方跳过，发现不了问题。通过改变阅读的顺序，你就可以发现平时注意不到的错字。

编辑和校对人员用铅笔改的地方要批判性地接受。那些只不过是完善作品的建议，最终改不改，还要看作者自己的决定。如果你不能接受修改的理由，就要跟编辑发邮件沟通，直到达成共识为止。如果不经思考，全部按照编辑的意思修改，会妨碍作者本人的成长。

不能不假思索地全盘接受编辑的修改，因为编校人员也会出错。如果印刷出来的作品里有错误，责任在作者本人。

第六章　万无一失的审校方法

复核校对稿的重要性

　　在寄回校对初稿之后大约两三周，你将收到第二次校对稿。虽然看起来可能跟初校稿差不多，但这已经是修改后的版本了。这次用笔标记的修改部分会少很多。作者再用笔改一遍，这就是最终的定稿了。这时候就不能再加页减页了，尽量不再做大的改动，把修改限制在最小范围内。但是必须要修改的地方也不要掉以轻心。

　　二校稿发送之后，编辑和审稿人员会进一步检查，然后再发送给印刷厂。这时候编辑会告诉你"校对完成"。

　　校对完成是指编辑的校对工作结束了，接下来就要移交印刷厂了。到这个时候，就不能再有任何改动了。过一段时间，印刷厂会寄来一本制作好的"样书"。这是赠送给作者的，通常会有 10 本。这些样书的封面、腰封、书籍本身都与将来摆放在书店的商品一模一样。

　　但通常在样书里，还是会发现一些错误。即便还不到发售日期，因为已经校对完成了，所以这时候再跟编辑说什么也无济于事了。如果是电子书，在几个月之内还有可能修

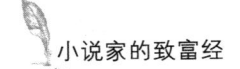

改，但纸质书除非卖得好，等到加印或再版时修改，否则不能做任何改动。

明明已经非常谨慎地校对过了，却还有低级错误，这时候一定会气得发昏吧。有些人把气撒在编辑和校对人员身上，以至于在某家出版公司的出版合同中，会规定校对疏漏等最终由作者本人负责（如下图）。

第9条（校正の責任）
本著作物の校正に関しては、甲の責任とする。ただし甲は乙に校正を委任することができる。

合同条款

这份合同并非不合理。既然作者的名字大大地写在书的封面上，那么该书的全部内容都是作者的作品。当一部小说备受赞誉时，全部成绩都归功于作者。同理，所有错误也应该由作者承担责任。当完成二校，把书稿返还给编辑时，就意味着作者已经"修改完成"。而且印刷厂也已完成了核对任务，所以作者不能把责任推给其他任何人。

为了避免这种情况，我建议你可以在发送了二校稿之后，请编辑把订正后的"样稿"打印出来寄给你。一般编辑为了保险起见，会用样稿来检查修正后的页面，也会请作者过目。

第六章　万无一失的审校方法

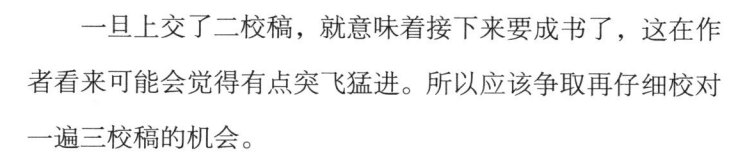

一旦上交了二校稿，就意味着接下来要成书了，这在作者看来可能会觉得有点突飞猛进。所以应该争取再仔细校对一遍三校稿的机会。

也许编辑会说"不能出样稿"，但其实是可以的，你不妨试着申请一下。作者自然会觉得无论如何都要对自己的作品负责到底。当然，如果出版方因为进度等原因确实无法出样稿，也只能作罢。所以最好在二校稿出了样稿之后，事先确认一下完成审校的截止日期。

如果编辑不能提供样稿，作者本人也应该把修改后的二校稿全部打印出来。在提交了二校稿之后，到校对完成日之前，反复阅读手里的打印件，确认没有任何错误。如果发现错误需要订正，要在审校截止日之前发邮件联系编辑。

如果在出售书籍的同时也发行该书的电子版，那么作者或编辑不会再去校对电子版。电子书的制作部门不同于纸质书的编辑部。他们会用校对完成后的印刷版直接做成电子书。因此，作者和编辑一般都不会再去校对电子书。

但是这样一来，有时候电子书会出现 bug 而遭到读者的投诉。2021 年前后，电子书的制作部门大多还没有像纸质

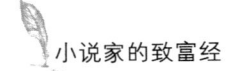

书编辑部那样设有校对程序，有时会出现一些乱码未经改正就出版的情况。部分原因是电子书有多个销售点，每个平台的规格不同，使得数据转换变得异常复杂。最终，这种情况也许会得到改善，但无论如何，目前不会要求作者校对其电子书。

轻小说的插图制作过程

就轻小说而言，插图贯穿整部作品。而在何处放置插图则由编辑决定。也可以由作者提出要求，但如果作者是位新人，那么最终决定权还是掌握在编辑手中，并不是所有作者的意见都会被采纳的。

插画师通常会在初校稿完成之前拿到原稿。这是为了确保有足够的时间作画。所以为了让插画师能安心创作，作者也不能大幅更改故事。至于能改动多少，也许要具体情况具体分析，但有编辑在，这种调整可以完全交给编辑。无论如何，与文本的细节不匹配的插图一定是不理想的。

封面设计会在二校稿完成前后定稿。因为轻小说非常注重封面的插图，所以插画师会不遗余力地去完成。但是比较

第六章　万无一失的审校方法

一般的文学作品会按照惯例使用比较平凡的设计。

最先吸引消费者眼球的是商品的包装，书的话就是它的封面。因此，编辑会在制作的最后阶段跑去找设计师，在短时间内完成封面设计。如果你不想这么急匆匆的，那就在制作的早期阶段跟编辑商量。最好作者能拿一本其他作者的书作为样本，告诉编辑"就按照这样制作"。也许编辑会去找同一个设计师来设计。

轻小说作家会格外相信"画师运"，也就是说他们相信，能否碰到人气插画师，会让自己的命运发生很大的变化。但是销售方面的数据显示，成功插画师设计的封面在出版时很吸引眼球，但从长远来看，并不会对销量有持续性的影响。也有许多实例表明，不知名的插画师和作者合作发行的新书取得了令人瞩目的销售量。因此作为作者，不用过于关心谁会成为你的插画师。在"构思"阶段贴在墙上的登场人物画只不过是写作时用来辅助想象的。完成后的小说从客观上来说会给人新的视觉信息，绽放出独特的生命力。所以想象的形象和画出来的插图不同，也是很正常的。这也与编辑部邀请插画师的预算多少以及插画师的日程安排有关，所以这件事听编辑的安排就好。

小说家的致富经

　　书腰上的宣传语和封面上的简介，也交给编辑去写吧。如果你成为畅销书作家，也许会有人来征求你的意见，但即便如此也应充分相信编辑。编辑会听取销售等各方面的意见，每日打磨能够虏获消费者芳心的词句。往大里说，这也是出版社的销售方针。即便作者出名了，权限扩大了，插手腰封设计也多少会是越权行为。因为花大价钱发行书籍而承担风险的是出版社。

　　有人会把名人的推荐文字写在腰封上。如果作者的朋友当中有名人，也可以自己联系，但大多数情况下还是由编辑部来抉择。如果某位名人在一些场合下称赞了该作品，那么编辑就会去询问，能否把这些话用于推荐文字中。作者不会直接去找名人。因为从未谋面，所以也不可能有机会当面表示感谢。

　　封面上印刷的故事梗概有时候也会让作者不满意，但请你相信那是"为了销售而做出的谨慎决定"。既然编辑相信作者的稿件能成功，那么作者也应该信任编辑的工作。

　　作者和编辑必须这样建立相互信赖的关系。因为让人觉得费解的是，出版合同的签订是在书籍印刷完成之后。理由我将在下一章讲。

第七章　专业人士却收益有限的原因在于出版合同

恐怖的事后"出版合同"

版税谈判始于播种之时

签名盖章后的"覆水难收"

避免与出版社对立或发生冲突

获新人奖之后也不能怠慢合同确认

第七章　专业人士却收益有限的原因在于出版合同

恐怖的事后"出版合同"

不知为何，日本的出版合同是在书成形之后才签订的。而且基本是在书快卖完之后，合同才寄给作者。

在签订合同之前，小说家和编辑的共同劳动仅基于口头承诺。但是即便是口头承诺，事后合同能够在出版业成为一种默认的规则，说明从事先沟通好开始运作出版之时起，合同其实就已经成立了。请一定记住这个原则。即使没有签订出版合同，出版社也不能单方面违反约定。

所以从开始进入图书制作之时起，与编辑的口头承诺就成了合同主体。如果关于合同内容有需要增减的，这个时候就需要跟编辑商议，得到对方的理解。

跟编辑当面交谈时没有必要表现得非常强势。甚至重要的约定内容可以不当面说，等回家之后通过邮件的形式询问，然后让对方通过文字的形式回答。当面交谈时偷偷拿录音笔录下谈话内容是不可取的。即便这样对今后的问题解决可能有所帮助，但靠录音为证据来解决问题的做法会让人联想到不正常的人际关系。出版社的其他编辑也会不愿意接这

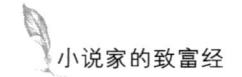

份活儿了。

责任编辑不是敌人，而是盟友。就算他在工作上对你提出了严苛的要求，那也是由于公司的规定、上司的命令，不得不那样做，或者有其他无法避免的理由。作者不必自己给自己制造紧张气氛。

如果你不擅长当面交流，那么一开始就应该用邮件联系。相反，那些自信能当面表达自己意见的人往往会被老江湖编辑说得晕头转向。关于编辑的话术，会在后面的章节中讲。当编辑对你说"我们见面聊吧"时，如果你同意去见他，那么他就掌握主动权了。没有足够的信心的话，你可以拒绝见面，告诉他"时间有点对不上，我们用邮件联系吧"。

前文中也说过，跟你合作的编辑是在大出版社工作的人。人家不用担心印花税的支付或拖延问题，也不用在意公司倒闭。面对这样的编辑，你应该提出怎样的要求呢？

明明已经是一名职业作家了，但却挣不到钱，大多是因为签合同之前的商议做得不够充分。你可能会想，"好不容易愿意给我出版了，我就言听计从吧""我什么都不提，对方也一定会给我最优惠待遇的""不想引起纠纷""如果提这提那的，可能连出版都泡汤了"，等等。

第七章　专业人士却收益有限的原因在于出版合同

我说过，编辑不是敌人，但同时，他也不是你的顶头上司，也不是学校的老师。在制作书籍这件事上，他是你的合作伙伴。如果说卖书是一单生意的话，那么编辑就是作者的客户。所以不该退让的地方就不要退让。对于作者来说，最重要的就是得到足额的稿酬。然后要约定好，如果书卖得好再版的话，作者会得到更多的收益。

编辑不会心存恶意，但他是个打工人，不能无视公司的情况。他的上司可能会让他对待新手作家要压低价格。所以提前调整好这单生意的收益，对于将来成为一名可持续发展的小说家来说是非常必要的。总之这是为了赚大钱而避不开的路。

如果你面对出版合同，说"怎么规定都行，都听你的安排"，那么这就像让自己当朋友的借钱连带保证人一样，是很不明智的。哪怕你觉得这是表达你诚意的证据，但编辑不会这样想的。

作者向编辑提出要求绝对不是无理取闹。编辑也希望"与其事后反悔，不如签合同之前就商量好"。

首先要问清楚稿酬的支付形式。除非他们说"买断手稿，不支付版税"。与大出版社的文学编辑商谈一般不会出现这种情况，但也不是说完全没有。但请你一定要求签版税合同。

版税谈判始于播种之时

版税是作者能获得的正儿八经的报酬。名叫版"税"，就会有人误认为是税收的一种，但其实版税不是向国家缴纳的税钱。版税是支付到作者银行账户里的钱，金额是"单价×印刷数量×版税率"。

在日本，支付给作者的版税率最大是12%，通常是5%～10%。一般来说书店收22%，中间商收8%，出版社收60%，但这个数额会根据具体情况上下变动。出版社收的钱最多，是因为从制作到销售再到宣传，会花费许多成本，这是不可避免的。

现在的做法是，尽量减少第一次印刷的数量，作者得到的初版版税少得像麻雀的眼泪一样可怜。但是初版收益少这件事，对于出版社来说也是一样的。如今的出版界，初版发行只不过是"试卖"。如果卖不掉，就可以减少损失；如果卖得好，也可以收回前期成本。如果还有人继续下订单，那

第七章　专业人士却收益有限的原因在于出版合同

么出版社会一点一点地加印，切实获得收益。在这个过程中如果销量减少，则停止加印。只有不停地再版加印，才会有较大的收益。

比如新手作家的单行本定价是 1 800 日元的话，初版会限制在 2 000 册，最多不超过 3 000 册。如果发行量为 2 000 册，版税是 5％的话，那么支付给作者的版税只有 18 万日元。版税是 10％的话，就是 36 万日元。

假设编辑对你说"作者的版税是 5％"。为什么出版商如此不择手段地压榨作者，只为从首次销售的微薄金额中赚取 18 万日元的差价呢？

这是因为初版只不过是"试卖"。随着之后继续加印、收益增多，出版社的利润就会增加，即便首印时只有 18 万日元的差额，但在之后不断加印的过程中，差额就会变成数百万甚至上千万日元。

为了防止这种情况，作者在"试卖"之初就必须毫不妥协地定好版税率。你可以对编辑说，"我听说作者能够得到的合理版税率是 10％"。

这时一般编辑会说，"对于新手来说这不可能"。他也有可能对你说这家出版社给作者的版税率是规定好的，不能变。

  这时你可以这样回复:"处女作就再版的情况不多见,所以我只能拿到 18 万吧。就算是为了我的生计考虑,能再多一点吗?"

  其实作者和编辑双方内心想的都不是初版云云,而是成为畅销书之后巨额的版税。在编辑的脑海中的某个角落,也会打这样的如意算盘。所以表面上,你要让他感觉你只是在纠结初版的版税率,这样一来编辑就很有可能让步。

  更多的情况是,编辑会对你说:"编辑部没有版税和印刷数量的决定权。对这些都一概不知。"这只是托词。确实计算出这些数字并拍板的不是编辑部,而是营业(销售)部。但是编辑至少有权限参与到销售的抉择当中。而且编辑既然作为公司的代表与作者进行交涉,他有不清楚的地方也有义务向销售咨询。

  如果谈判过于焦灼,编辑可能会撂下话说,"新手原则上就是 5%"。这句话有可能是如字面意思所说,"因为你是新手,所以只能这样",但也有可能意味着"如果作者非要坚持的话",那么也有例外。一下子涨到 10% 有点牵强了,但应该尽量努力提高。新手如果能谈到 8%,就很了不起

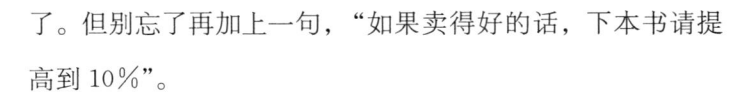

第七章　专业人士却收益有限的原因在于出版合同

了。但别忘了再加上一句，"如果卖得好的话，下本书请提高到 10％"。

可能有人会觉得，"新手还这么厚脸皮""太不要脸了""这怎么可能"。也有人认为"小说家只要作品过硬，钱自然会滚滚而来的"。如果读者知道你有这样的想法，也许会对这种坚忍不拔的精神钦佩不已。但你是要用这些钱来生活的。如果日常生活都不宽裕的话，就会丧失自由的创作风格，变成对编辑部的要求言听计从的机械写手。"人穷志短"，贫穷会让你丧失出色的工作能力。

可能也有的人认为，只要能当小说家，穷点也没事，不用追求太过富裕的生活。但是高收入并不只是为了自己的幸福。首先，你的家人会受益。其次，多纳税会提高你对社会的贡献。也可以通过自费采访或收集资料来提高小说的品质。如果不着急赶截稿日期的话，还可以休息放松几个月。有时，自己吃饱全家不饿的想法，与其说是克己奉公，不如说是自私自利。

如果你想成为职业作家，我建议一定要认真谈判版税，确保将来的收入丰厚。万一你的作品攀升到排行榜首位，即便你得到了 2 亿日元的版税，但如果当初能把 5％提高到

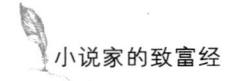

10%的话，你应该能赚到的就是 4 亿日元。

签名盖章后的"覆水难收"

初版印刷数量就交给出版社决定吧。关于印刷数量，销售部会根据同类图书的实际发行情况详细计算出发行量。如果你硬要多印，结果导致出版社的存书堆积如山，那你下一本书的初版印量就会大幅减少。

提前让出版社给出合同的模板，仔细确认合同内容，避免日后产生不必要的麻烦。应该确认一下合同上是否有写"版税根据实际销量决定"。要跟编辑问清楚，又不是电子书，为什么会写根据"实际销量"来决定版税。实际销量是很难精准计算出来的。公司也不能随时掌握这个数字。根据一个模糊的数字来决定报酬，对于作者来说是不利的。你有理由因为这不是一个合理的商业交易而提出申诉，要求修改。

如果有条款规定平装本仅限于该出版社发行，我们也可以要求从合同中删除。因为在日本，平装本由不同出版社出版的情况比比皆是。

第七章　专业人士却收益有限的原因在于出版合同

要求修改条款并不是去跟人吵架。如果是跟编辑面谈，平静地提出要求即可。如果是通过邮件沟通，也要注意措辞。

如果事后在社交平台上就合同上的条款表达不满，只会让你跟出版社的关系恶化。因为社交平台上给你留言的人完全不了解合同的细节，他们可能意气用事地跟作者站在统一战线上批评出版社，那只是作者单方面煽风点火的结果。"这么优秀的小说，都卖了几百万本了，版税才给5％，出版社真是太小气了！"写出这种留言的人，只不过是不知道作者当初并没有对5％的版税提出异议罢了。你可以感叹说"因为是第一次出书没有经验，只能遵照出版社的要求"，但没有人比你更清楚，所有的责任都得自己承担。

一旦你过分地批评出版社，别人就会认为你是个麻烦的作者，其他出版社也不会来找你合作了。甚至有时还会反被出版社控诉，闹上法庭。有可能有出版社会蹭个热点去出你的书，但那毕竟不是长久之计。充其量他们只会让你写写"法庭上那些事儿"。这样一来，你就丢掉了成为小说家的初心。

本书第二部分第十一章会详细讲述一件饱受争议的事，

小说家的致富经

即小说改编成电影后一炮而红，但小说原作者却只能得到100万日元。但这件事中，原作者是一定知道合同中小说改编成电影自己能得到100万日元这件事的。因为是原作者自己在合同上签字盖章的，而合同上一定明确写了原作使用费。如果你想从票房中获得一定比例的收入，你应该在签合同时就说清楚。原作者因为希望促成电影改编，所以通常同意支付较低的原作使用费。

即便电影改编本身只能给作者支付100万日元，那DVD或录像带的版税也可以支付给原作者。如果电影票房很高，那些影像光盘的发行数量也会增加，版税也是不小的一笔金额。同样，视频播放页可以根据点击量获得相应的收入。明明电影票房很高，但原作者只能拿到100万日元，这其实是一个误解。

出版合同应该注意的地方不只有报酬。出版合同里还可以追加作者的权利，就看作者如何交涉了。下图的出版合同中，第7条和第8条里原本都只有①。但经过协商，都追加了②。

一般来说，在出版合同中会规定作者（甲）未经出版社（乙）的允许，不能再通过其他出版社出版类似内容的书。

第七章　专业人士却收益有限的原因在于出版合同

第7条（類似著作物の出版）
① 甲はこの契約の有効期間中に本著作物と明らかに類似すると思われる内容の著作物もしくは本著作物と同一書名の著作物を出版せず、あるいは他人をして出版させない。
② 乙は、この契約の有効期間中に、本著作物と明らかに類似すると思われる内容の第三者制作の著作物もしくは本著作物と同一書名の第三者制作の著作物を、甲の事前の書面による承諾なく出版しない。

第8条（保　証）
① 甲は本著作物について完全な著作権を有していることを保証し、かつその著作物の出版（出版に伴う宣伝・広告のためにする各種メディアによる著作物の利用を含む）が第三者の有する著作権その他の何らの権利および利益を侵害しないことを保証する。
② 乙は甲のアイディアを無断盗用した類似作を刊行しないことを保証し、甲に迷惑をかけないものとする。

合同条款

但是这样一来，出版社也应该不能在该作品的启发下策划类似内容的作品。但实际情况是，出版社在不断地要求其他作家模仿成功的小说创作作品。

模仿小说的创意并不会侵犯著作权。所以类似的作品一个接一个地问世，而仅用"如有雷同，纯属偶然"蒙混过去。其他出版社怎样不知道，但出版该作者小说的出版社如果做这样的事，就是一种不正当竞争，就像便利店在某一区域内垄断式开分店一样。合同上新增这种条款，虽说抑制效果有多大还是未知数，但至少比睁一只眼闭一只眼地放任不管要好得多。

作者为了保护有关自己作品的权利，对于能够预测的麻烦，应该在签出版合同时就事先占据主动地位。初生牛犊不怕虎，大胆做，别犹豫。当一部作品真正成为热门话题时，

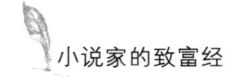

往往由于没有对早期阶段的合同安排进行彻底审查，相关各方之间充满争议的竞争关系就会凸显出来。而双方在合同上签字盖章之时起，合同就开始生效了。到时候不要说"我是新手，所以我没经验""还没彻底明白呢就同意签合同了"。请在签字盖章之前进行足够细致的检查。一定要仔细看合同。

避免与出版社对立或发生冲突

大家可能不知道，小说一般不会以系列为单位签署出版合同。虽然有的出版合同会约定续篇也在同一家出版社出版，但如果有这样的条款，请要求删除。同一主人公的系列小说通过不同出版社出版的理由如下：作者可以找能够最快、以最好的条件出版系列作品的出版社。这就需要提前确认好，作品中的人物角色可以出现在由其他出版社出版的同系列其他作品中。这跟连载漫画中途换出版社是两回事。

就轻小说而言，插画师的角色设计可用于漫画或动画改编，会涉及小说家以外的许多利益关系。因此通常的做法

第七章　专业人士却收益有限的原因在于出版合同

是，通过一家出版社来发行系列作品。轻小说的销售流程跟普通文学作品完全不同，所以要仔细听编辑怎么说。

出版合同上写明的条款会一直具有法律效力，所以一切判断都要有清晰明了的指标。问题是，合同的签订是在出书之后，所以在出书过程中发生的纠纷就很难解决。

如果初校稿做完之后，正准备按照日程往下进行时，编辑突然跟你说无法出版了，你应该怎么做呢？既然初校稿已经完成，说明出版社还是为小说的发行做了许多工作的。作者也为了本应得到的初版版税收入付出了劳动。口头约定也是约定，所以出版社不能单方面撤回合约。

作者没有做错什么，所以首先可以谈一谈。就像第五章中说的一样，如果你能直接跟编辑的领导接触，将有助于协商顺利进行。

日本人往往不愿意走到打官司那一步。如果打官司的话，作者也会劳心劳力，花费很多时间，所以不是上策。而且编辑本来也应是作者的盟友。如此突然的转变，一定是遇到了什么问题。

当初跟作者合作应该是真心实意的，也许在推进的过程中他一直独自勇挑大任，却遭到了销售部门的强烈反对，也

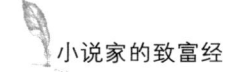

许还涉及出版社内复杂的人际关系等。无论出版社规模有多大,编辑本身都会出问题。就算他不是敌人,也有可能做出出尔反尔的事给你造成困扰。

如果跟编辑本人沟通仍无法解决问题,那就向上级领导反映,寻求解决办法。如果这位编辑无论如何都不能继续合作了,也可以请求换成其他编辑负责。但要尽量避免提这种要求,即便被拒绝了,也不必反抗。你应该沉住气,平静地对编辑的领导说,"这次作品的出版就不劳烦贵社了,我另找他人吧",然后这件事就到此为止了。也许在不久的将来,他还会给你介绍新的编辑。

有个别作家会要求见销售人员。因为版税、印刷数量都是销售部门决定的,所以在与编辑沟通无果的情况下,作家可能会恼羞成怒,企图自己去说服销售人员。然而,这样做毫无意义。作者能商谈的对象只有编辑。因为作者和编辑是以稿件为中心而结成的关系,而销售人员脑子里想的完全是其他事。无论是销售部还是宣传部,对于小说是否出版这件事是没有任何决定权的。虽然他们看过稿子,但那只是为了了解商品的内容,好把握基于市场需求的最佳方案而已。

第七章 专业人士却收益有限的原因在于出版合同

获新人奖之后也不能怠慢合同确认

如果你得了新人奖，成功出道，并被邀请参加颁奖典礼，一定会高兴得飘飘然吧。但是遇到商业谈判时，还是应该保持冷静。要提前提出要求，让对方提供出版合同的模板。

如果你不是第一次获奖，那么手里应该有之前获奖作品的出版合同。请仔细阅读合同内容，确认这次的合同是否跟上次一样。

重要的是，要确认奖金和版税是不是分别支付的。这在公开征集作品的时候很有可能写得模棱两可。甚至有可能奖金写得很高，但其实奖金包含了真正出版时的报酬。

无论遇到什么纠纷，就算编辑不肯让步，你也不要认为他是在故意为难你。即使是夹在总编和销售中间，大多数编辑也会为你争取最大利益的。不要戴着有色眼镜看人，只关注你们是否为了同一个目标在努力就好。只要你尊重编辑，即使这次没有合作的缘分，但也许将来有希望共事。这种感觉是相互的。

出版合同非常重要，但并不是说在签字盖章后就完全不能修改了。当你成为畅销书作家时，出版商会给你尽可能多的灵活性。他们态度的转变会令人不可思议，甚至会同意你提出的修改要求。大出版社不可能出现这样的情况：尽管销售成功，但公司却被合同束缚了手脚。

一旦作者的权限范围扩大到一定程度，就连第一版的发行量也可以提要求。不达到你的要求，你就有可能找其他出版社，所以编辑不得不去说服销售人员。销售人员会参考作者在其他出版社的销量记录，反驳说作者提的印量太高了。他们会说确实在其他出版社印了这么多，但实际销量没有达到这个数字，也没有加印。

编辑只有两个选择，要么顾虑知名作家这边，要么接受销售人员的建议。当你成为畅销书作家的时候，你就会理解编辑的良苦用心。你该做的不是纠结首印的印刷数量，而是提高版税率。

因为首印印刷数量可高可低，但版税率一旦抬高，就很难再降下来。有时候会把版税率抬到最高的12％，但降低发行量。不过我建议，即便你牛到可以把版税率定到12％，最好也不要定那么高，而是定11％。多给出版社留一点余地，他们也会在首印量上对你放宽松一些。

第七章　专业人士却收益有限的原因在于出版合同

收入是在图书出版之后才能到手的。从本质上说，只有你感到"写小说很幸福"，才能持续从事这份工作，也才能不断打磨自己的写作能力。但一旦开始谈论出版合同，这单生意就开始了。你要仔细审阅合同内容，确定好各种条件。这时，幸福已经在向你招手，钱也会滚滚而来。

第二部分

致富之路

第八章 出道后马上去做的事

职业作家所需的手续

何时着手写作第二本书

社交媒体与"第二位编辑"的应对方法

第八章　出道后马上去做的事

职业作家所需的手续

你的处女作即将被摆上书店柜台。虽然尚不确定是否会畅销，但至少你作为作家的出道之日已临近。为了成为赚钱的小说家，现在这个阶段需要准备的事项如下。

1. 印章

既然首印的版税收入已基本确定，你可以着手进行符合职业作家身份的准备工作了。首先，你需要定制一枚刻有笔名的业务印章。

虽然签署处女作出版合同时可以使用个人印章，但如果长期从事写作工作，日后将会需要在大量合同上盖章。在日本，签署出版合同时允许使用笔名印章，因此有业务印章后，你便无须使用刻有真名的个人印章。使用业务印章也是出版社将你视为职业作家的因素之一。

印章可以选择圆形或方形的，字体可以从篆书体、印相体、楷书体等中自由选择。有人说作家的印章不能比总编辑的法人印章小，事实并非如此。

制作一枚属于作者的专属业务印章

也有少数作家认为签合同时，不应该认真盖印，要盖得斜一点、轻一点，这样才能彰显作家的忙碌。这种想法很古怪。出版社的员工也不会这么认为。即便总编辑的印章盖得歪斜，你自己的印章也要盖得平正。

2. 开业登记

在日本，你需要向税务部门提交个人业务的开业登记。即使尚未成为专职作家，这样做也能帮助你在未来持续经营，获得利润。因此，即使是把写作当作副业，也需要进行开业登记。请在开业两个月内完成蓝色申报手续，这样你就能在年终报税时享受蓝色申报特别扣除的减税政策。

开业登记不需要手续费，相关表格可以从国税厅网站下

第八章　出道后马上去做的事

载，填写后再提交至最近的税务部门。即便在节假日，也可将文件放入税务部门的工作时间外收件箱。这就视为已经提交，另外还可通过邮寄方式办理登记。

3. 开设银行账户

提交开业登记后，你就能获得附带商业名号的银行账户，即可以开设笔名银行账户。但相关手续只能在银行窗口办理，并且只能在离住所或办公室最近的支行开设账户。这可能需要大约一周时间，届时请带上开业登记原件而非复印件。有些银行可能要求你提供水电费收据或事务所租赁合同等文件，具体情况请提前咨询各银行。

虽然账户名是笔名，但在大型银行，账户名往往将"笔名（商业名号）＋本名"并列显示。当转账方通过网银或ATM机操作时，屏幕上会显示含本名的账户名。

不过，在日本邮政银行可以只用笔名开设转账账户，不向交易方公开真名。除了开业登记的原件之外，你还需准备"能确认业务内容的文件"。具体请到窗口咨询。邮政银行转账账户不像普通存款账户那样可以在全国ATM机提取，而是需要前往指定的营业窗口或使用网银。

125

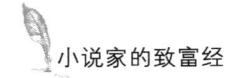

通常来说，在日本，小说家只需将收款账户告知出版社，并不会公开账户名，所以可以根据具体情况选择开户行。

4. 打印名片

创业早期的名片可以用电脑和打印机制作。过去，名片上需要注明办公地址、电话和传真号码。现在只需列出电子邮件地址即可，甚至不写手机号码也无妨。

5. 办公室

关于租赁办公室，情况已今非昔比。过去，作家需要一个邮寄地址接收信件，但又不想公开家庭住址，只能租赁办公室。现在，出现了仅提供邮件接收和转发服务的虚拟办公室，甚至可以找到月租不到2 000日元的低价方案。由于写作不需要电话秘书或使用会议室，你可以选择最便宜的方案。

6. 写作环境

如果你当下的桌椅只是临时使用的那种，那就请重新购置一套吧。因为此后，你将不得不与作家的职业病——腰疼做斗争。座椅必须具备调节高度和靠背角度的功能，如果能

第八章　出道后马上去做的事

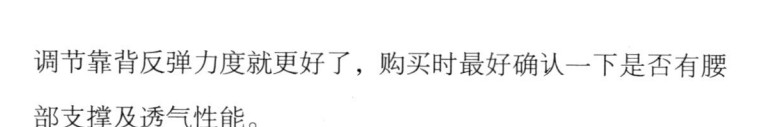

调节靠背反弹力度就更好了，购买时最好确认一下是否有腰部支撑及透气性能。

桌子通常用于处理文件，所以要仔细观察它是否适合放置电脑。可以回想一下你写处女作时的环境，选择一张最适合自己的桌子。要注意桌子的纵深，如果离显示器太近，眼睛容易疲劳。此外还要检查桌子的承重能力。

当你写作收入超过一百万日元后，就可以考虑购买按摩椅了。床式脊椎按摩机虽然比按摩椅贵，但可以有效预防腰痛。如果去脊椎按摩院，每次都要提前预约。拥有这样一套按摩机也能达到类似疗效。

7. 确定申报

在日本，你需要对稿费收入进行纳税申报。请自己完成第一年的纳税申报。待到出版第二本、第三本书后，建议你与税务师签约，但在收入较低且计算简单时，最好先自行了解一下纳税流程。"收入－支出＝所得"，要根据收据计算一年总开支。

"因为是个体从业者，所以可以将一切费用计入支出"，这种想法是错的。哪些费用可计入支出，有明确规定。就算你声称"没有眼镜就不能工作"，原则上配眼镜的费用不能计入支出。如果模糊了支出的界限,久而久之会形成不良习惯。如果你在成为知名作家后,税务问题被曝光,将带来致命后果。为避免这种情况,要养成习惯,明确区分哪些费用属于工作支出。

8. 加入作家协会

如果你在出道后获得新人奖,日本推理作家协会或日本文艺家协会等组织往往会自动接纳你为会员。出版处女作后即便未获奖,写书评的文学评论家可能也会推荐你加入有关协会,你应该接受这样的好意。

如果无人推荐,也可拜托编辑和作家协会的会员打个招呼,推荐你入会。大家都是同道中人,大多数人愿意帮忙。

这些协会的年费大约为两万日元。作家协会类似同行公会,在作家与出版商发生纠纷时能提供帮助,同时你还可以通过协会与其他作家、编辑结识。

9. 为书名注册商标

如果你为处女作起了很好的书名,而且认为它适合作为系列丛书的通用书名,建议你为这个书名注册商标(如下图)。

第八章　出道后马上去做的事

将小说书名注册成商标

虽然很少有小说家为书名注册商标，但将自己的作品打造成优质品牌的意识很重要。书名不享有著作权，因为它不属于小说的一部分。如果书名不含固定名词，可能被电影、漫画、游戏等作品盗用。为防止此类盗用，在日本，你可为其注册商标。

你可以先在"专利信息平台"搜索，确认该书名未被注册，然后再提交注册商标申请。申请需要支付费用，具体详见专利厅网站。提出申请后，如果该商标通过审查，就可进行注册登记。此时需另行支付登记费。

注册商标并不覆盖所有商品类别，只适用于指定类别。你在提交申请时需要注明。小说书名通常只需注册第九类

（包括音乐、视频、静态图像、文章等的记录介质，如光盘、磁盘、光磁盘及其他存储介质；可下载的音频、音乐、静态图片、视频；唱片；节拍器；用于电子乐器自动演奏程序的电路和 CD-ROM；投影胶片；幻灯片；录像光盘和录像带；家用电子游戏程序；便携式液晶屏幕游戏程序存储电路和 ROM 卡；电子出版物）和第十六类（印刷品）。假如你为书名"千里眼"注册了第九类和第十六类商标，他人无法在小说、电影或漫画中使用相同标题，但如果拉面店的店名叫"千里眼拉面"，就没有问题。

如果书名是你自己构思的，你为它注册商标没有问题。但如果是编辑起的标题，注册时当然要与编辑协商。为书名注册商标原则上以你本人构思书名为前提。

何时着手写作第二本书

你不用等到处女作发行日，就可以与编辑探讨第二本书的出版事宜，并立刻开始写作。此时，不要再像写处女作那样，只写出故事梗概就要交给选题会论证。现在的你，既然已经出道，写完的小说即成商品，没有不写的理由。

第八章 出道后马上去做的事

实际上，有不少作家在写完处女作后便无法继续创作第二本。原因往往是他们已在处女作中倾尽所有，完全失去了创作新书的灵感。然而，编辑通常会特别关注那些能迅速完成第二本书的作家，因为能够不断打造新作的小说家是出版社的宝贵财富。

小说家可能会觉得"连续写作并非易事"或"没有动力"，正因如此，才建议你在时间充裕时，尽早进入"构思"阶段。创造新角色，并将角色的照片和简历贴到墙上。第二本书的角色设置可以更加自由，主次人物的数量可不加限制。几天后，新的故事情节便会在脑海中浮现。如果还是没有灵感，可能是因为角色的选择不合适，你可以尝试创造新角色进行替换。

如果对前作的主角有很深的情感，觉得没有其他角色能代替，可以考虑写续集。尤其当处女作畅销时，续集通常会很受欢迎，这也有助于提高版税和首印量。

如果处女作销量不佳，写第二本书时可不突出"续集"概念，仅用相同主角展开新的故事情节即可。如果第二本书受到好评，也可能会促进处女作的销量。

那些每隔两三个月便出版新作的作家，有时会被怀疑有代笔，但熟悉出版业的人都知道，小说家一般没有代笔。如果代笔有才华，编辑会直接与之签约。为名作家代笔并不是作家出道的必要条件。相反，未出名的新人反而更能引起外界兴趣。

代笔只出现在明星或政治家等名人写书的情形中，严格来说，这也不算代笔，只是通过采访将口述内容以名人的口吻写成文字。有时，不擅长写作的名人亲笔写作反而无法准确表达自己的情感，所以通过口述形式、由专业写作者整理而成的稿件更适合作为他们的著作。

社交媒体与"第二位编辑"的应对方法

新人作家往往认为"必须用笔名开设一个社交媒体账号"。实际上你不需要着急。对于漫画家来说，在社交媒体展示精美画作可能会带来新机会，但小说家的情况不同，这样做的效果有限。

特别是在处女作发行前后，作家的名字尚未被人熟知，很少有人会特意到社交媒体搜索访问你的账号，对新书的宣传没有太大帮助。你可能会期待利用社交媒体在业界积累人

第八章　出道后马上去做的事

脉，但此类互动大多停留在线上。

即使你没有社交媒体，如果有业务需求，对方也会通过出版处女作的出版社联系到你。业界的惯例是，其他出版社的编辑若想请求帮忙联系作家，出版处女作的编辑一般不会拒绝。因此，没有社交媒体账号导致错过重要工作机会的情况几乎不会发生。

如果你已经在运营社交媒体账号，要特别注意避免因负面事件引火上身。酒后或睡眠不足时尽量不要在社交媒体发言。万一不小心发表了不当言论，这些言论可能会比小说传播得更广，得不偿失。如果有评论和批判精神，最好在作品中表达。

在处女作出版后，你可能会收到其他出版社的邀约，此时请谨慎应对。最初的出版社或许会比较随意地称呼你"某某桑"，把你视为新人。而其他出版社的编辑可能会恭敬地称呼你"某某先生"，让你感觉更受重视。如果你的处女作销量不高，尚未被大众熟知，那么来自其他出版社的邀约很宝贵。建议你与新编辑充分沟通，认真考虑邀约内容。

但如果你是因获得新人奖而出道或处女作已成为畅销书，面对其他出版社发出的"是否考虑在我社出版第二本书"的邀约时，须更慎重。除非该出版社比最初的出版社规模更大，否则最好婉拒。

因为这样的出版社或编辑往往缺乏推广营销能力。自身无法培养并推出新人作家，才会立刻向在其他出版社大获成功的你发出邀约。这类公司通常不愿支付高额宣传费，销售能力较弱。当然，他们与你联络，并非出于恶意，只是出于改善经营状况的考虑。

此时，这些编辑会告诉你"可以自由写作，不受限"，甚至可能承诺更高的版税率，但与第一本畅销书相比，第二本书的书店展位往往会变小。

最初的出版商因为获得了处女作的收益，通常会拓展销售策略。如果处女作畅销，推荐你将第二本书交给同一家出版社出版。将出版社范围扩大至中小型出版社为时尚早。

处女作的成败是小说家命运的分水岭。面对不同结果，需要不同的应对策略。在探讨这些问题前，我首先在下一章为你分析如何选择最重要的商业伙伴。

第九章　与编辑的相处之道

为何编辑看起来像"敌人"或"恶人"

是否应对编辑抱有期待

"通过编辑态度"评判小说家现状

如果对异性编辑产生爱意

编辑在会面时使用的话术

第九章　与编辑的相处之道

为何编辑看起来像"敌人"或"恶人"

　　对你而言，可能会认为第一位责编非常重要。若能相处融洽，自然再好不过，但麻烦的是，有时会觉得合不来。

　　正如前文所述，编辑的立场基本与你相同，这点毋庸置疑。没人会故意刁难你。然而，小说家有时会感觉编辑对他充满敌意。为何会这样？

　　编辑属于公司职员，有固定月薪，生活安稳。然而，新手作家在完成处女作后，只能获得少得可怜的首印版税。尽管编辑也了解作者的窘况，却往往拖延重要的出版进程，迟迟无法确定发行日期。编辑无视作家的经济压力，难免让人气愤。

　　但编辑的高收入，也是他们努力进入大出版社工作换来的结果。就像小说家写了畅销书并取得相应地位一样。换句话说，编辑比新手作家先打赢了一场大仗。刚出道的新手作家，地位还无法与编辑平等。

　　我们也可以将大出版社的文学编辑视作"出版过畅销书的作家"。如果编辑的态度表面上显得平和，你可能不易察

小说家的致富经

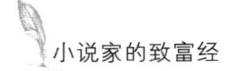

觉与编辑之间的地位差距。一旦对此有了正确认识,你就会产生动力,努力早日写出畅销之作。

当你的作品变得畅销时,或许会感觉编辑的态度忽然变得谦恭,但这只是编辑对地位上升后的你表示尊重而已,其并未丧失自尊。这时,请不要过于自满,甚至展露丑态。

特别是那些中年后才出版畅销书的作家,如果表现得傲慢,会招致编辑冷眼。编辑见过太多这样的作家。一个成年人因为小说畅销就趾高气扬,实在令人觉得可笑。如果作家的性格本就如此,那他的作家之路很难长久,最终会惹出麻烦并从大众视野中消失。编辑们见过太多这样的例子。

实际上,不向小说家发火,在文学编辑界是不成文的规定,辈辈相传。即使编辑没有发怒,小说家也不该自高自大。如果被编辑认为不称职,作家也会遭受冷遇。

如果你是畅销书作家,不必高高在上、态度傲慢,哪怕轻声说,编辑也会侧耳倾听。短句反而更有力量。比如你只简单说一句:"能否提高版税?"编辑也会回答:"我会向上级请示。"编辑的答复并非敷衍,而是会在公司内部真正为你争取。你不必对编辑的每个承诺都持怀疑态度。

第九章　与编辑的相处之道

是否应对编辑抱有期待

"作品畅销后的事情姑且不谈，问题在于作品尚未畅销时编辑的态度。""连回复邮件都要反复催促，否则就得不到回复，他们总是以忙碌为借口。"你可能也会有这样的想法。即便在这种情况下，也请先把编辑视为诚实之人。编辑没有理由故意表现得令人反感。实际上，他们确实很忙。

在美国，出版社的编辑通常拥有很大权力，但在日本，编辑常常为繁重的工作所累。一位编辑要负责几十位作家，还要处理各种杂务。此外，出版行业往往有许多不可预见之处，很少能按照预期推进工作。对于销售团队尚未积极推广的新书，编辑不会对作家做出"公司将全力销售"的虚假承诺。他们没时间去耍心机、弄权术。日本的文艺编辑只能"诚实生活"。

对于新人作家而言，责编是唯一可以依靠的业内人士。但编辑也是人。请记住，编辑要兼顾数十位与你情况相似的作家，不要对编辑抱有过高期待。期待越高，一旦无法实现，就会招致失望和不满。你会愤怒地认为："为什么编辑不听我的?"期待落空时,人们难免失望。期待既孕育希望,也导致失望。

为了改善人际关系,不要对他人抱有期待,而应充分发挥自身才能,专注于你能为对方带来什么。想要得到,先要给予。就与编辑的关系而言,作家能做的当然是写出精彩的小说。"写出畅销小说,与编辑的不和也将随之化解。请专注于写作吧。"这才是作家应有的健康心态。

当你专注于提升能力、投入写作时,写出的作品也会让你更加自信。当你开始意识到"自己的确有作为小说家的才能"时,这并非自负,而是你终于发现了自己的长处。同时,你也更加自我肯定。这样一来,你也会逐渐认可身边的人,尤其是作为业务伙伴的编辑。

只有自己最了解自己。当陷入自我否定时,难免会认为周遭所有人都令人厌恶。一旦你转向自我肯定,也会自然而然地认为每个人都有值得肯定之处。此时,也能逐渐看清编辑的优点。

所以,请勇敢地放弃对编辑的期待,专注于不断精进自我。在投入创作、不断创新的过程中,你作为小说家的能力也会得到提升。随着自身的变化,你会发现编辑的态度也在改变。

第九章　与编辑的相处之道

"通过编辑态度"评判小说家现状

不可否认,编辑的态度确实是小说家现状的风向标。如何通过观察编辑态度来评估作者现状?我举几个例子。

· **编辑不是上门找你,而是请你到出版社。**

出道前这是理所当然的。但如果在你的处女作出版后,仍遭到如此待遇,则意味着你的处女作尚未产生足够的收益。即便处女作加印,也可能只是因为首印量过低。如果没达到第三次加印,需要会面时,编辑可能会毫不犹豫地请你到出版社。要知道,加印并不等同于畅销。

· **会面时,不在出版社会客室,而在杂乱的编辑部办公桌前。**

在小型出版社遭遇这种情况实属无奈。有时,这反而是编辑想表达亲切的一种做法。但在大型出版社遇到这类情况,就意味着你仅仅被视为撰稿人,而非作家。此时,如果编辑向你建议开辟专栏或接受采访,同意与否完全是你的自由。

· **会面时,编辑的手机响起,对方优先接听电话。**

类似的情况还包括"熟人经过时,编辑与其闲聊,无视

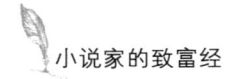

作者"。遗憾的是，这意味着小说家在编辑心中还不及来电人士或熟人重要。无论如何，请务必努力让下一本书成为畅销书。

当然，你可能会基于愤怒，想变换出版社来报复编辑，比如产生"我去其他出版社出本畅销书，让你们看看！"的想法。然而，效果往往不及预期。编辑们很清楚不同出版社之间的事务。如果在其他出版社也未获成功，编辑们可能会对你更加冷漠。与其这样，不如在同一位编辑的协助下，让新作成为畅销书，为出版社创造利润。你的待遇也会得到改善。

- **不回复邮件。**

这种情况是指，当你给编辑发邮件介绍下一部作品的梗概或原稿时，对方迟迟没有回复，或每次都要等很久才收到回复，抑或回复的内容仅限于必要的最少信息。即便催促，编辑也会以"忙碌"为由让你继续等待。有时，编辑可能会这样回复，"我不想在匆忙中草草了事，影响某某老师作品的质量"。从字面上看，这样的回复似乎态度积极，实际上无异于回绝。因为只要编辑不主动表示"自己有空"，你的作品就会被无限搁置。正如前述，编辑总是很忙，就算一直

第九章　与编辑的相处之道

没有启动出版计划，他们也有充分的理由。这种话术表面上是尊重作品，实际上是婉拒作者。

不过，小说家也要确认自己是否存在过错。你及时回复编辑的邮件了吗？是否因为忙碌而推迟回复？是否自作主张地认为不必急于回复？是否因为觉得立刻回复显得自己不够从容，或者认为已收到编辑指示无须再回复等，从而忽略了回复？请反思自己的行为，是否让对方产生了反感。

如果已经多次催促仍无回复，或者对方总说"太忙"，那就索性放弃，尝试联系其他出版社。既然决定成为专职作家、以写作为生，就没有时间停滞不前。

无论如何，如果小说家始终保持谦逊，再次见面时，编辑也会向作者展现诚意。编辑会为让作者等待太久而心生歉意，并意识到作者在克制愤怒、耐心等待。要知道，编辑并非对作者个人不满，只是对编辑来说，作者的业务优先级还不够高。

不要因为对编辑的外表、言谈或穿着不满而产生敌意。如果你写出有望成为畅销书的作品，编辑的态度自然会改善。为了提升自己在编辑心中的业务优先级，作家应该专注于下一部作品。

小说家的致富经

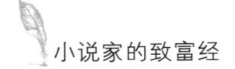

如果对异性编辑产生爱意

当与编辑的关系变得紧张时，你可能会考虑能否在不与任何人打交道的前提下，直接发表小说、赚取收益。比如在亚马逊电子书发行服务平台"KDP"上发表作品，或者在带有奖励计划的小说投稿网站"Novelba"或收费博客"note""Brain"等平台发表文章，并把这些作为主业。值得一提的是，KDP可以将你的书与出版社的其他电子书并列展示，如果与亚马逊签订独家协议，你还能获得70％的版税。看起来不错。

然而，在KDP上发表与在YouTube上一样，作者身份仅限于拥有账户的普通用户。无论作品销量多高，你与平台的关系都不会改变，甚至当账户被单方面注销时，你也无法提出异议。只要平台认为你违反规定，就可以强制关闭你的发布功能。如果你试图协商，要耗费大量精力，而且完全不知道对方是谁。其他营利付费文本平台在提供服务时也存在同样的问题。

与之相对的是，出版社的编辑是真实的、有血有肉的

第九章　与编辑的相处之道

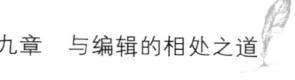

人。作者可以与他们沟通，出版社也会对出版的小说承担共同责任。通过网络上的收益化服务"直营"小说，意味着你必须处理本该由出版社处理的琐事，并承担相应的责任。你获得的70%版税正是由此而来。

网络"直营"看似可以免去处理人际关系方面的烦恼，但最终你仍需面对"看不见的某人"，这个"人"比出版社的编辑拥有更大权限，你仿佛在和神打交道一般。因此，如果你决定成为专职作家，与出版社编辑合作将更令人放心。如果所有新人奖都与你无缘、各出版社都拒绝出版你的作品，你可以将网络直营视为最后赚小钱的机会。即使这样，也要瞄准纸质出版，着手创作新作。

如果你明白编辑也是普通人，就会理解对方偶尔出现的失态和失误。最常见的是校对疏漏。有些小说家对此颇为恼火，甚至曾引发过纠纷。因此，某出版社的出版合同第九条中特别强调："出现校对疏漏，由作者承担责任。"（参见图示）。校对属于连带责任，最终作为"作者"的小说家负有文责，不应责怪出版社。

尽管小说家可能认为自己已经仔细检查过，但仍然可能出现显而易见的错误。小说家要认识到自身可能存在某种疏

第5条（ブランド管理）
　KADOKAWA は、本件映画の製作及び利用にあたり、著作者の名誉、信用及び本件原作のイメージを尊重すると共に、許諾先がこれらを毀損しないよう適切に指導及び監督する。
2　KADOKAWA は、本件映画の海賊版、模倣品を発見した場合、又は本件映画の著作権侵害の事実を確認した場合には、速やかに著作者に報告すると共に、事後の対応について著作者と協議する。

合同条款

漏。然而，如果小说家平日就对编辑心怀不满或恶意，可能难以抑制发怒的冲动。

　　此时需要冷静下来。小说中出现错别字时，首先要对读者道歉并深刻反省，避免再犯。工作中需要这种谦虚的态度。尽管作品难以完美，但应始终追求完美。愤怒反击不可取。

　　即使心存不满，也不要在社交媒体上吐槽编辑或出版社。如果你和编辑部存在正当纠纷，可以通过作家协会或法律顾问来解决。将校对疏漏完全归咎于编辑的行为，并不属于正当纠纷。双方应该承认这是共同责任并强化今后的合作关系。编辑往往会对这样做的作家更加信任。

　　小说家与编辑的关系并非总是对立的。如果小说家是单身，有时会对异性编辑产生爱意。这听起来很浪漫，但在出版业并不少见。

第九章　与编辑的相处之道

作家和编辑发展恋爱关系并不会受到指责。编辑的职位也不会因此受损，更不会受到公司处分。这不过是发生在职场的正常的异性恋爱，旁人无权干涉。

只要不是知名作家对编辑的职场骚扰，或相反情况，就可视为健全的恋爱关系。作为社会人，若能相互尊重，就没有问题。不过，工作和私生活还是应当完全区分开来。

编辑在会面时使用的话术

当通过邮件难以解决分歧时，有时你需要与编辑直接见面。此时请保持冷静。

不论你的诉求是什么，都不要失去理智。大多数编辑毕业于一流大学，经过激烈竞争才进入大型出版社，他们深谙如何应对作家。因此，你有必要了解一下编辑的话术。

如果面谈时间预计一小时，前半小时编辑通常会以倾听为主，不会打断作家讲话，而是不断点头，倾听作家的所有不满。

三十分钟后，编辑会做出总结："原来，你想说的是这些，对吧？"这番"总结"有助于让作家冷静下来。编辑的目的是让作家意识到，你积累的所有怨气经过总结后，也不过如此。

如果经编辑这么一说，你就冷静下来的话，这并不丢人。因为你并非被编辑说服，而是真的认为问题本身没那么严重。冷静思考后，能理解更多事情。

与编辑多次沟通后，你可能会意识到这种话术的存在。即便如此，仍请听听编辑的"总结"，并认真思考。编辑并非在进行引导式对话，而是希望真正帮助你。冷静下来后，如果问题仍未得到解决，你可以继续向编辑质疑。

请好好利用与编辑会面的机会，与他们开展建设性讨论。如果一开始就带着敌意，便无法正视自己。主动在工作中制造对立关系，这可不是有勇气的表现。

你可以宣称"为维护个体经营者的权利而战"，但你与编辑的结识并非为了成为社会活动家。与出版社员工发生争执，必然会让你更难实现成为畅销书作家的梦想。

有时，编辑不得不对作者说一些很难开口的事，比如减少第二本书的首印量。首印量本来就少，还要继续削减，这真让人痛心。不仅作家本人，编辑对此也感同身受。编辑认为作品有市场潜力，全力策划并夜以继日地忙于审校，从这

第九章　与编辑的相处之道

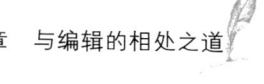

个意义上讲，编辑与作者同甘共苦。即使销量不佳，也不会有人只责怪作家。作家的义务是努力创作出能频繁再版的优秀作品。

如果与编辑会谈后仍然想在社交媒体上发牢骚，请大胆删除自己的账号。

换作其他行业也就罢了，但作家的本职就是写作，如果在社交媒体上继续写作，难免会让大脑持续紧张，难以真正解压。所以，不妨找些其他爱好来排解情绪。

大多数编辑对作家开设社交媒体账号持否定态度，因为担心会引发问题。然而，也有编辑鼓励作家使用社交媒体，认为粉丝量增加，会扩大新书的影响力。但编辑的这种言论中暗含着"我们公司不会为宣传你的新书花钱"的意思。因此，编辑的态度始终是作家现状的晴雨表。

你始终应该着眼于自己的未来。即便处女作没有畅销，也无须悲观。下一章我将会为你详细解释原因。

第十章 处女作成功或失败时

到确定成功为止

失败显而易见

处女作不畅销，如何写第二本书

重新审视梗概与问题解决方案

为挽回声誉撰写第二本书时的注意事项

让第二本书热销的心理准备

面对销量不佳时的心态

获新人奖后避免失败的心态

是否要在成为畅销书作家后成立公司

畅销书作家的注意事项

小说家可能毁掉自己的种种行为

是否应自费扩大商业宣传

了解网评真相

成为文学奖候选人时的注意事项

时常回归初心

第十章 处女作成功或失败时

到确定成功为止

市场对作家处女作的评价，大约需要半年以上才能确定，在这段时间里我们只能观望。对于资深作家来说，出版发行一个月后就会了解作品销量，但新人作家身上存在太多未知数，往往需要经过一段时间才能了解作品的真实销量。

读者的口口相传需要一个过程，有时会在某天突然爆发。如果杂志或报纸上刊载了书评，你的知名度可能会瞬间提高。要是成为各类文学奖的候选人甚至最终获奖，出版社也会大力宣传。若你的作品被纳入知名榜单，比如"夏日100本书"文选，也可能突然引爆销量。

在世人眼中，作品似乎一炮打响，但对作者和责编来说，即便作品尚未达到畅销书的程度，这些有限的读者反馈也能增强他们的信心。随着作品的进一步推广，他们会认为这一切顺理成章。

然而，最初的加印仅仅限于小批量，总销量并未大幅增加。销售额也不算多，离"爆款作品"相去甚远。即便作品得到大型书店的特别展示，或有文艺评论家为作品写了书

小说家的致富经

评，作家也只会模糊地认为，"出版社的营销部门尽力了，真的不好意思"。这些其实都是作品畅销的信号，但作为刚刚出版处女作的作家，还无法了解销售的全局。

在此期间，加印次数和印量都在显著增加，作家仍可能认为"这不过是出版社强力营销的结果，公众可能并未关注我的书"。即便作品在电子书畅销排行榜名列前茅，但曾听编辑说过电子书收益微薄，作家也很难认为自己的作品已经热销。直到成为文学奖候选者或收到影视剧改编的邀约，银行账户里的存款不断"膨胀"，你可能才真正感到"作品大卖了"。

确实，虽然作者从一开始就能感受到读者的高度评价，但因为过于期待作品成为畅销书，反而觉得销量不及预期。这是首部作品成为畅销书的小说家们普遍拥有的一种心理。由于收益上的反馈滞后，他们难以真正相信作品已经获得了广泛认可。即便书店的销量不断增加，但出版社做出加印决定需要一定时间，作家实际收到的版税就更晚了。许多出版社每半年支付一次电子书版税，所以即使电子书的下载量显著增加，作家常会感觉过了很久，存款才突然增长。

当小说开始引发热议时，即使周围的人们对作者大加赞赏，作者本人也常常会说："其实没什么特别的。"这并不是

第十章　处女作成功或失败时

出于谦虚，而是真的没有感受到作品大热的程度。这种现象正是小说的特殊之处。

与小说相比，电影的成功靠首映日的票房数据就能直观地显现出来；电视剧的高收视率会在社交媒体上引发热议，甚至那些没有看过该剧的人也听过大家的讨论。而对图书来说，即便成为畅销书，也不会出现如此迅速的热潮。就像一首逐渐走红的单曲，销量增长缓慢，但旋律会在各种场合播放，即使对音乐不感兴趣的人也会感受到它的热度。然而，小说主要吸引的是读书人，如果读者没有特意去阅读，连内容都无从了解，更不用提感受到热度了。

失败显而易见

需要注意的是，小说家往往要到很久后才能真正感受到作品作为畅销书产生的效果，但他们从一开始就知道作品的潜力。比如读者数量有限，但已经在读者群中产生良好反响。网评大多是正面评价，而且相较于发行量，点评数量很大。责编掌握实际销量数据，因此比小说家更早确信作品获得了成功。再加上来自编辑的称赞，作者会对作品的完成度

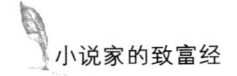

感到满意。

即便在外人看来作品是在数月后突然火爆,实际上,小说家在处女作还未引起广泛关注时,就已经产生了信心。至少不会认为这是失败之作。这种情况可以说是畅销书诞生前夜,作家的特有状态。

如果处女作销量不佳,几乎无人评论,甚至连少数热心读者都没有,那么它几乎不可能会在某一天突然大卖。

销售失败无须他人解释,作者自己便能深刻体会。比如,社交媒体上对该书的评论仅限于出版社发布的新书信息,个人博客中提及该书的文章仅仅是由封面设计师发布的"负责了该书封面设计"之类的内容。在亚马逊排行榜的位置始终停滞不前,编辑也没发来邮件。这一切都表明作品的实际销量不佳。

经销商更了解哪些书"没卖出去"。因为书籍一般由经销商委托书店销售,在日本,在105天的委托期内,书店可单方面退货。超过105天,经销商将不再接受退货。大型书店的货架每天都要摆放新书,需要不断腾出空间。因此,滞销书在105天内就会被下架并退回。

书店会将需要退回的书装入纸箱寄回。经销商的退货中

第十章　处女作成功或失败时

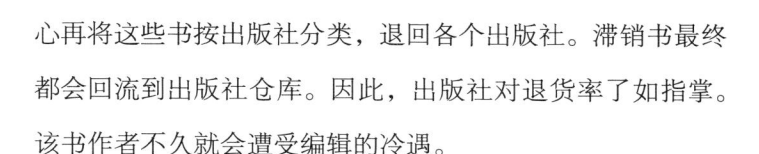

心再将这些书按出版社分类，退回各个出版社。滞销书最终都会回流到出版社仓库。因此，出版社对退货率了如指掌。该书作者不久就会遭受编辑的冷遇。

即便处女作销量不佳，既然已经实现商业出版，成为职业作家，就应该意识到，这样的身份十分宝贵，不能轻易浪费。不妨回到本书第一部分第二章，从"构思"阶段重新开始。虽然你会因挫折而产生逃避写作的念头，但正是这种逃避的冲动，可能成为你沉浸于新幻想世界的契机。

请再次塑造一批充满魅力的角色，并将他们贴到墙上。哪怕暂时提不起"构思"的兴趣，也请先设计出角色并贴在墙上。起初你提不起写作兴趣，但过上几天，可能会开始思考："这个角色不太合适，要不要换成其他人？"就这样，通过不断调整角色，你逐渐确定了新书主角和配角的核心阵容。

写第二部作品时，你可以自由决定故事中角色的总人数，不必拘泥于之前的设定。

在"构思"阶段，不要借助酒精的力量。即使喝酒时脑海中浮现了角色之间的矛盾冲突，等酒醒后再次回忆，往往发现这些内容不值一提。最好不要喝酒。请养成在头脑清醒时"构思"的习惯。

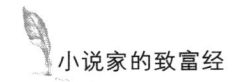

重要的是，始终在脑海中完成故事的整体构架。不要仓促动笔。"创作的阵痛"主要发生在"构思"阶段。如果你试图逃避这种痛苦，转而去幻想其他内容，就要意识到，那些"逃避的幻想"才是值得深入构思的内容。把可以作为舞台背景的三张照片替换成那些"逃避幻想"中容易浮现的场景，这或许能激发更多灵感。

非虚构作家根据采访中的见闻撰写文章。为了能够以"亲眼所见"的方式写作，你最好像亲身经历过"构思"的故事那样，在脑海中把故事完整搭建出来。虽然写作似乎比思考更加轻松，但重要的是不要急于动笔，先停下来，对故事进行深度探索。

通过大脑"构思"出的故事，经过反复推敲后，角色会发生变化。这种变化往往受到现实生活中遇到的事或人的影响。这也是作者作为个体不断成长的表现。请不要对这些变化感到困惑，而要将其视为角色变得更加深刻的标志。

处女作不畅销，如何写第二本书

处女作不畅销的事实很难改变。你可能会感到十分挫

第十章　处女作成功或失败时

败，导致"构思"无法顺利进行。

"构思"有利于创作出体现你个性的小说。小说的作者是谁不重要，只要小说能够表达出作者内心的想法，就会成为读者感兴趣的作品。既然你的处女作未能被大众广泛接受，你就需要对故事的表现手法进行创新。构思第二本书时请注意这一点。

当你脑海中浮现出角色之间的冲突时，请尝试换个角度思考。不论是恋爱、友情还是对抗关系，你自己是如何看待这些关系的？如果你本身是乐观的，不妨尝试用悲观的角度去审视。通过不同的情感滤镜重新观察角色之间的关系，这样一来可能会发现角色性格中的另一面，让角色更具吸引力。采用了这种新的视角和方法，你的故事将更加精彩和富有感染力。

当角色的性格变得过于复杂时，不妨刻意拉开距离，俯瞰故事全局。也许正是因为只见树木不见森林，才阻碍了故事的发展。通过俯瞰的方式广泛观察每个角色，你会发现他们的性格彼此交织，可能会形成一部引人入胜的群像剧。

或者，请暂时搁置角色之间的冲突，设想与冲突截然相反的关系。如果男女角色是对立关系，可以尝试设想成恋爱

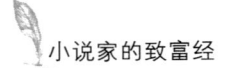

关系，反之亦然。想象"如果这两人不是好友而是敌对关系会怎样"，这样的设定可能会让故事情节的展开充满张力。

也许你会发现，前一天刚"构思"的故事，第二天再回想时，觉得一点意思都没有。这是经过冷静思考后，用更加客观的视角重新审视故事的结果。如果感到不满意，不要勉强坚持此前的构思，而要将内容清零，重新搭建故事。

你可以将作为故事舞台的三张背景照片全部更换，观察墙上贴着的角色，等待他们各自"行动"起来，自己也能从中感受到更多乐趣。如果你赋予角色与前一天不同的情感，他们的行为也会随之变化。

你可以将书中角色分成几个小组，如果发现各组之间没有交集，但故事情节仍在推进，这时需要停下来问问自己：哪组人物最引人注目？如果这个组中没有主人公，说明你在选择主人公时可能出现了偏差。

请将你感兴趣的那个组的核心人物暂时设定为主人公。如果其他组人物逐渐融入主线，那就证明这个角色适合当主人公。否则，你需要创造一个新的主角。

处女作有时会被评价为"过于拘谨"。你是否因为太在意禁忌而限制了角色的行为？"构思"的故事应该充满活力，

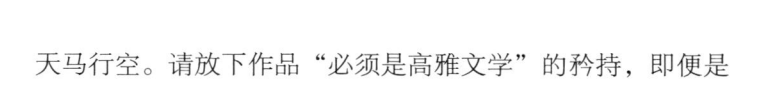

天马行空。请放下作品"必须是高雅文学"的矜持，即便是纯文学，也可以如孩子一样自由创作。

结束"构思"后，你就可以在 Word 文件中撰写故事梗概。请务必遵守一行四十字的限制，以及十行、二十行、十行的三段式结构（参见第一部分第三章）。梗概过于详尽会导致思维僵化。保持适当的松弛感有助于灵活创作，也会让小说更具吸引力。

重新审视梗概与问题解决方案

写完故事梗概后，要从六个方面重新审视故事是否存在以下问题：**"起伏过多""起伏不足""情节发展过快""情节发展过慢""结尾高潮过于突兀""结尾高潮不够精彩"**。

如果符合其中任何一条，请在梗概旁标注，但不要急于修改梗概本身。

针对"起伏过多"或"起伏不足"的情况

不要强行增加或减少起伏，在正式写作阶段进行调整即可。如果起伏过多，可以在保留情节安排的同时，降低语言

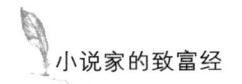

表达的激烈程度。如果起伏不足，请尝试使用稍微夸张一点的表述，增加人物的情感波动。

针对"情节发展过快"或"情节发展过慢"的情况

情节发展过快时，可以增加小说的整体页数，通过更细腻的描写，放缓叙述节奏，缓缓展开故事情节。反之，情节发展过慢时，可以通过压缩页数，简化文字表达，制造更强的节奏感。

针对"结尾高潮过于突兀"或"结尾高潮不够精彩"的情况

高潮过于突兀时，请在高潮到来之前增加几页作为铺垫，强化故事的逻辑性。高潮不够精彩时，请果断删减之前的若干页内容，加快故事节奏，使高潮更加集中和有力。

通过"构思"创作出的故事是你的宝贵财富，充满了你的独特风格，也因此更加吸引读者。写梗概时，要避免随意改动故事情节，否则会使原本生动的角色行为显得不自然，就像把天然食材加工成充满添加剂的食品一样。

与其改变故事情节，不如专注于语言和表述的调整。这

第十章　处女作成功或失败时

种方法不仅不会破坏故事的魅力，反而会提升小说的趣味性和吸引力。

为挽回声誉撰写第二本书时的注意事项

进入写作阶段后，要注意控制句子的长度。过长的句子会让读者难以理解情节，将长句分成两个短句往往更易阅读。

使用比喻时容易变得自说自话，频繁使用"像……一样"的句式也会影响文章美感。如果感觉表达不清晰，请将比喻改为直接叙述。

如果写作无法顺利展开，可以尝试跳过第一章，从第二章开始写。既然梗概在手，脑海中也存有"构思"过的故事，即便不写第一章也不会影响写作进度。等到完成小说后面的章节后，再回头写第一章，这时可以专注于必要的描述，写出简洁有力的开篇。

如果你有过于追求复杂表达的习惯，请务必改正。词汇丰富固然好，但不能清晰表达的文章没有存在的价值。请删除多余绕口的表述，努力让内容通俗易懂。

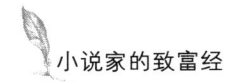

段落过长会影响阅读流畅度，要适当分段，使文章更易阅读。在 Word 文档写作时，可以尝试不同的换行位置，从而找到最佳分段位置。

如果多个角色同时出现，且主语在句中出现较晚，读者可能会分不清楚谁在行动或说话。请尽量将主语放在句首。

写完两三页后，可以打印出来，标出文中所有形容词。如果每页的形容词过多，选出几处可删除的形容词并在 Word 稿件中删除。

写作初期进行此类操作，可以有效减少不必要的形容词。建议你在打印出来的纸上标记，而非使用 Word 中的标记功能。这和生产过程中检查样本的工序类似，应反复进行。小说最终会印成纸质版，所以最好在纸面上检查。按照书的排版方式，以竖排方式打印。无须检查全文，打印出自己在意排版效果的页面或段落并确认即可。

形容词应力求精准。除了"美丽"之外，根据情境可以选择"秀丽""雅致""整洁""端正""艳丽"等最贴切的形容词。

如果发现文中对话使用过多，可以考虑用叙述性文字来代替。比如，"那个人是外国人吧。""外国人？"这样的反问

第十章　处女作成功或失败时

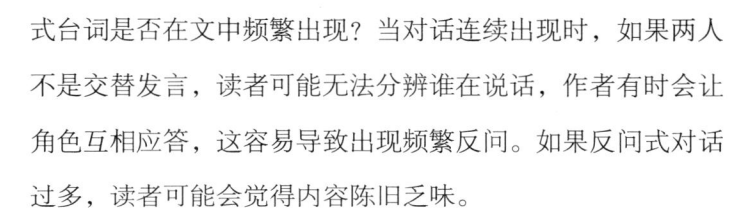

式台词是否在文中频繁出现？当对话连续出现时，如果两人不是交替发言，读者可能无法分辨谁在说话，作者有时会让角色互相应答，这容易导致出现频繁反问。如果反问式对话过多，读者可能会觉得内容陈旧乏味。

在写处女作时，修改过程顺利吗？如果因修改前半部分而影响了后半部分的整体调整，这次可以在写完每一章后立刻修改。删除"好不容易写出的句子"时，请不要犹豫。删除多余的表达不是退步，而是进步。这意味着作品正朝着最终完成稳步推进。如果能积极删减，写作能力也会随之提高。

让第二本书热销的心理准备

写第二本书时，在构思、撰写梗概和写作的各个阶段，你可能会比写处女作时付出更多努力。但是对"这次必须畅销"的执念可能会妨碍你的发挥。

此时不妨好好想一下，你已经实现了商业出版的目标，以作家身份成功出道。曾经看似不可能的事情已成为现实。你所专注的"构思"会在与你具有同样感性的读者脑海中化

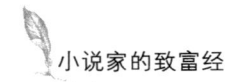

作精彩的故事。即便遭遇了一两次出版后的失败，也不过是运气问题。你完全可以再次挑战，作品的完成度也会逐步提高。最终，你将会创作出不受运气左右、真正打动人心的作品。

一旦作品成为畅销书，赢得读者信赖，你所有已出版的图书都会受到关注，包括曾经不畅销的处女作。所有作品都将成为你品牌的一部分。

建议你积极向出版社推销自己，可以告诉编辑："第二本书完成时请一定过目。"这次编辑也会要求先看梗概，你可以在假装整理梗概的同时，直接完成整部作品。

即便处女作没有热销，编辑也会基于你的创作能力愿意接收第二部作品的完整稿件，而且会更努力推动新作的销售。为了迎合市场需求，编辑可能会要求你调整部分情节。你需要与编辑深入讨论细节，制定清晰的修改方案。

此外，建议你请编辑引荐出版社内部其他文艺部门的编辑，尤其是文艺杂志编辑。虽然连载小说的回报不高，时间周期较长，推出单行本花的时间久，尚未畅销的作家很难获得连载机会，但与文艺杂志编辑建立联系有助于拓展人脉，比如认识其他出版社的编辑。当有人正在寻找新人作家时，

第十章　处女作成功或失败时

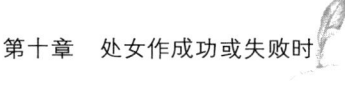

这种联系可能会起到桥梁作用。当然，编辑通常只是向对方提供一个邮箱地址而已，但这已经足够了。要不断扩大能够推销小说的编辑人脉。

同时，你可以主动告诉处女作的责编，愿意接手将电影或电视剧改编成小说的工作。

电影小说化一般是指在没有原作的情况下，由出版社向发行公司提议，或由发行公司向出版社咨询，决定小说的出版。有时导演或编剧会主动提出由自己撰写，但他们若无此意，机会就会留给尚未成名的作家。

有时，知名作家会被邀请进行小说化工作，但通常是因制片人与该作家有私交，且作家出于兴趣愿意忽略报酬参与其中，这些情况较为特殊。也有知名作家因特别喜爱某个影视作品而主动提出将其小说化的例子。

小说化是影视作品的附属品，编辑部不会特别重视作者。小说化合同通常为一次性买断，不带版税，如果带版税，但是作家尚无名气，版税可能会低至2%或3%。

即便如此，你仍可以在创作自己的小说之余接下这些工作。这是一个让更多读者认识你的机会。如果读者因高质量的小说化作品而对你产生兴趣，就有可能购买你的其他作

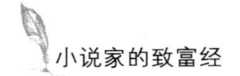

品。尤其是如果改编内容与你的处女作风格相近，当电影火爆时，你也会从中受益。

面对销量不佳时的心态

即便第二本、第三本书的销售均不理想，也不要气馁。可以尝试稍微改变一下题材，继续挑战。为了找到打动读者的点，与其固守同一种类型，不如推出一些让人耳目一新的作品。小说本身已经通过"构思"展现出了独特性，可以在书的包装和市场推广上借助编辑的智慧。如果编辑建议你尝试写某个特定领域的小说，也不妨一试。你可以设计合适的角色和场景，通过"构思"酝酿出动人的故事。

出版业中常有人感慨："现在想写小说的人很多，但愿意看的人却少之又少。"这意味着，尽管作者越来越多，但真正的读者却屈指可数。然而，这种情况不仅限于小说领域，在其他行业也同样普遍。比如，有许多人想成为歌手，但如果一场演出只由新人表演，台上人数可能比台下观众还多。每天便利店都会丢弃未售出的饭团和便当，全国日均废弃量达数百吨。书仅仅出版，并不代表一定会被阅读，这是

第十章　处女作成功或失败时

再自然不过的事情。

过于纠结"为什么自己的书卖不出去",可能会走向极端,认为"小说本来就不是生活必需品"。与衣食住行不同,读书是一种非必需的休闲活动,因此难以激发需求。

这种想法其实失之偏颇。人们通过接触虚构故事,体验丰富多彩的人生。小说让人们在有限的生命中,通过不同角色的视角体验各种人生,这正是小说的魅力所在。如果认为小说不过是"无谓的幻想和错觉""不能填饱肚子",就是忘记了虚构作品的力量。人们为何争相购买畅销小说?因为书中有着他们愿意花钱体验的经历。

你"构思"的作品,正是那些与你有相同感性的读者们翘首以盼的故事,目前只是还未迎来与他们相遇的机会而已,请你坚持下去,不要放弃。你要明白,你的想象是快乐的源泉,这必将带给他人同样的吸引力。读者需要你的"构思",你的小说正是他们所渴望的。

获新人奖后避免失败的心态

获得新人奖并顺利出道,算是一个不错的开端。

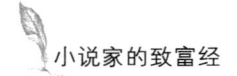

过去也曾有不少短篇小说新人奖,但如今的新人奖多为长篇小说设置,因为出版业期待的是能够直接作为图书销售的小说。

然而,所谓"新人作家的合集不好卖,文化产业逐渐衰落"的说法并不准确。这种情况并非现在才出现,就像由无名演员出演的电影难以畅销一样。

有人说新人奖无法带来收益,但我认为这取决于作品的品质。获得新人奖的作品能得到推广支持,如果内容出色,可能迅速成为畅销书。

新人奖作品虽然能出版,但单凭获奖并不能确保高收入。通常,作者会得到这样的解释:"出版获奖作品的报酬已包含在奖金中,不会额外支付。"作品出版时,如果除奖金之外另外支付版税,主办方一般会在征集启事中注明"出版时将支付规定的版税"。没有此类说明,则视为奖金已含版税。如果你事先不了解这一点,可能会有些难以接受。得知"稿件是买断,不附带版税"时,你或许会感到震惊。

尽管出版合同通常在事后签订,你仍应先取得合同模板,仔细检查具体条款。如果仍有疑问,可以与编辑商讨,请参照前文提到的编辑话术,冷静协商。事实上,曾出现过

第十章 处女作成功或失败时

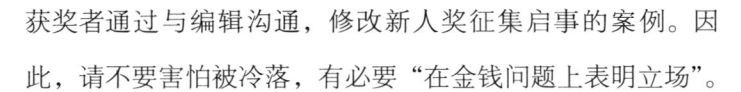

获奖者通过与编辑沟通，修改新人奖征集启事的案例。因此，请不要害怕被冷落，有必要"在金钱问题上表明立场"。

如果你受邀参加颁奖典礼，务必在会场保持低调。最需要注意的是，不要用自己的标准去评价他人，比如在发言时说"某某出版社是我认为最优秀的出版社"，会给人一种自负的印象。获奖者或许会认为，"作为作家，应该表达自己的真实感受"，但发言与作品不同，模糊留白的言辞反而更受欢迎。

"新人奖获奖作品出版"和"通过非新人奖方式出道且作品口碑不俗"这两种情况，都让作家站在了相似的起点，算是获得了幸运的出道机会。而"在知名小说投稿网站中获得第一名并成功出道"的作家，因已拥有大量粉丝关注，起点可能比出版新人奖作品的作家更高。

在这个阶段，你应该已经开始第二部作品的写作了。如果等到尽享处女作的成功与好评后再开始准备下一部作品，两本书的出版间隔就过长了。若能在处女作尚有热度时将第二部作品交给编辑，你不仅有机会通过谈判获得更高版税，首版印量也可能得到提高。

然而，原本备受关注的处女作有时却销量平平，这导致

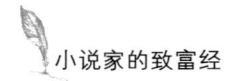

策划第二部作品的进程受阻，即便出版也依然滞销。遇到这种情况时，请参考本章前半部分。请记住，即使出现些许延迟，你也终将迎来上升的机会。

是否要在成为畅销书作家后成立公司

如果处女作成为畅销书，版税收入源源不断，你可能反而提不起兴趣写作第二本书。然而，一本书的销量总会逐渐减少。如果你的收入已相当可观，次年缴纳的所得税和地方税会大幅增加。自己报税将耗费大量精力，影响到第二本书的创作。因此，即便在出道的第一年，你也应考虑将部分收入用于聘请税务顾问，以便自己可以专心创作第二本书，确保次年有新的收入来源。

如果你对数字敏感并对填报税表感兴趣则另当别论。通常情况下，你应该将所有精力集中在写作上。税务顾问可以代办那些复杂的报税工作，并准确计算应缴的费用。

作为个体经营者，小说家容易模糊办公费和生活费的界限。无须保留像商品进货和库存这样的记录，也不需要账簿知识，这可能会让人误以为可以随意增加办公费。然而，即

第十章 处女作成功或失败时

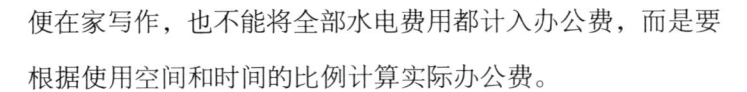

便在家写作,也不能将全部水电费用都计入办公费,而是要根据使用空间和时间的比例计算实际办公费。

旅行费用有时可以计入办公费,但许多新人作家误以为"以调研为目的的任何旅行都可以走公司账目"。报税后,税务部门可能会让你做出解释。如果你的书在当年12月31日前出版且内容确实需要实地调研,旅行费用才可能被认定为合理的办公开销。如果书中只提到景点地名或仅依赖旅行指南就可撰写相应内容,税务部门可能认定你存在虚报行为。

对于这些税务问题,税务顾问可以提供精准判断。你可以在网上查找附近的税务顾问,每月大约支付一万日元,报税时约需两万日元,他们就可以处理所有的报税事宜。一位处女作已经备受关注的作家,完全有能力支付税务顾问的报酬,由此带来的时间收益远高于成本。

如果处女作成为畅销书,你可能会考虑"为避税而成立公司"。或许你听说过,作家赚钱后成立公司可以避税。这时应仔细听取税务顾问的建议。

开了公司,并不意味着所有开销都能成为办公经费。比如请家人当公司高管,其奖金无法算作办公经费。如果雇用员工,需要为其缴纳社会保险,员工工资加保险费用是笔不小的支出。此时，公司的账目记录和报税手续也会比个体经营时复杂得多，节税所得可能难以抵消额外的工作量。

有些个体经营者误以为成立公司后可以随意支配公司账户的收入，挥霍无度时有发生。然而，在一般大众看来，从公司账户取款相当于公司向你提供贷款。实际上，无论是否成立公司，税务审查的严格程度并无明显区别。

由于法人税的下降和个人工资扣除限额的设定，和过去相比，成立公司以获取税务优惠的优势正逐渐丧失。某些情况下，通过使用个人所得税平均课税的方式缴税反而比成立公司更省钱。

这个阶段的小说家，应该已经加入了作家协会，但作为新人作家，可能会认为随意依赖协会有些不妥。事实上，最有助于小说家避免纠纷的方法是与顾问律师签订合同。你可以在网上寻找精通知识产权的律师，以每月 3 万至 5 万日元的价格签订顾问合同。有人可能会认为这笔费用过高，但若将其视为避免纠纷的保险，这笔支出或许是值得的。

顾问律师的主要职责是详细检查合同内容并提供恰当建议。如果需要修改合同，你可以告知出版社这是律师的建议，改动也会更加顺利。如果你是推理小说作家，顾问律师

第十章　处女作成功或失败时

还可以为你提供法律解释和审判机制等方面的专业知识。

即使与顾问律师签了合同，也不要因此摆出"无所畏惧"或"与出版社争执也在所不惜"的态度。频繁地发送法律文件只会对你造成负面影响。出版社通常也有法务部门，最坏的情况下，一些纠纷可能演变成诉讼。在日本，各方会尽量避免诉讼，一旦出现纠纷，周围人往往会认为不同寻常，这也将影响作家在业界的声誉。因此，你始终要谨慎行事，明确与顾问律师签订合同是为了预防纠纷发生，而非制造纠纷。

畅销书作家的注意事项

读者通常期待畅销书能推出系列续作。请你不要轻易否定出续集的想法，不妨考虑让同一主角出现在第二本书中。拥有一两部系列作品不仅有助于作家的职业生涯发展，还能为读者带来持续的满足。若能通过系列作品获得忠实粉丝，也有助于保持收入稳定。即使不写系列作品，第二本书的题材也最好和第一本相近，便于吸引既有读者，同时也符合商业需求。这并非为了迎合市场，只是调整了作品发布顺序而已。当你出版第三本或第四本书时,题材的变化通常会更受读者欢迎。所以,请从读者的角度出发,规划长期销售策略。

让编辑阅读第二本书时,请始终保持谦逊,表达感谢之情。当然,你无须在逢年过节时给编辑寄送礼物,编辑最想要的是你的下一部作品,而且最好比第一本更精彩。

如果你在处女作畅销后不骄不躁持续创作,编辑也会为你提供各种宣传建议,比如接受报纸杂志采访、举行签售会、拜访书店和提前准备签名书等。

其中的"拜访书店"指的是与编辑一起走访东京、大阪等大城市的大型书店,拜访书店文艺类书籍负责人,这有点类似歌手和经纪人拜访专门的CD店铺。作者通常会在书店杂乱的后台提前签名,并可能应店方要求在签字板上签上店名,以便店方展示。

切忌表现出对这种"跑场"的不满,因为即便是资深作家也会参加此类推广活动。与书店店员建立良好关系有助于提升后续作品的展示质量,比如他们可能会提名你的书参加"书店大赏",或者制作更具创意的手工宣传板。如果书店对你的作品销量完全没有期待,也不会索要签名书,因为签名书属于书店购买品,无法向经销商退货。

第十章　处女作成功或失败时

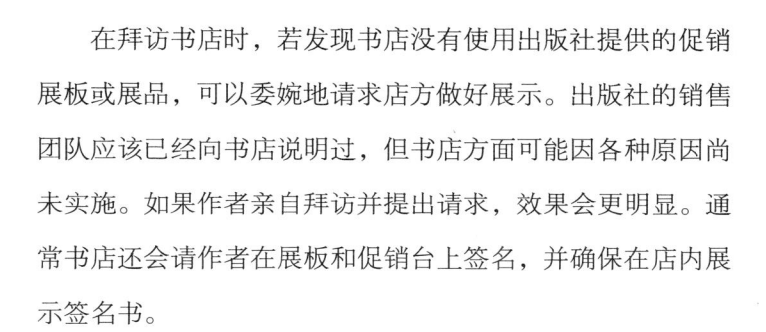

在拜访书店时，若发现书店没有使用出版社提供的促销展板或展品，可以委婉地请求店方做好展示。出版社的销售团队应该已经向书店说明过，但书店方面可能因各种原因尚未实施。如果作者亲自拜访并提出请求，效果会更明显。通常书店还会请作者在展板和促销台上签名，并确保在店内展示签名书。

此外，作者有时会在出版社会议室提前批量签署一千本甚至两千本书，为不同书店的销售提供初期支持。签名过程往往耗时一整天。签名书能够提升该书在各书店首周的销售排名，但如果不能在早期带动无签名书的销量，一旦签名书售罄，销售就会停滞。

因此，小说家的这些努力并非仅为促销签名书，而是为了持续畅销的目标。

报纸杂志采访，特别是对新人作家而言，通常是出版社主动推广的结果。编辑一般只会告诉作家"有采访邀约"，作家并不知情，但事实上这可能是编辑请来的记者。对待此类采访，作家需保持谦逊的态度，避免批评其他作家或作品，专注于简洁地介绍自己的作品即可。

关于采访的意义，作家可能会像对待社交媒体一样心存

小说家的致富经

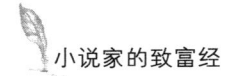

疑惑：小说已经将一切表达到位，有必要再解释一遍吗？但既然采访是基于公众对作品的兴趣，作家就有必要真诚回答。即使在面对问题时想说"你们读了书自会明白"，也应该耐心回答。毕竟，能最清楚地解释你的书的人，除了你自己，别无他人。

小说家可能毁掉自己的种种行为

当第二本、第三本书也畅销时，说明你已顺利踏上知名作家的道路。在这一阶段仍有一些需要注意的事项。

当"写书就能赚钱"成为常态，你可能产生一种自然预期，认为两个月就能完成一本书，发表后次月就能赚到数百万日元的首版版税。这并非空想，而是因为自己已成为可以稳定出版作品的知名作家，这些收入几乎是确定的。有些作家还会考虑向出版社"预支版税"。

对一些人来说，这样的想法难以理解：明明可以踏实工作，不久后就能获得收入，为什么还要提前预支？但如果无法抑制自己的欲望，或者身边没有人能够给予正确引导，小说家就可能向编辑提出预支版税的请求。

第十章 处女作成功或失败时

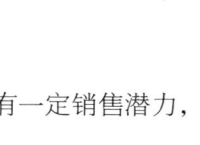

此时，编辑会咨询财务，如果作品确实有一定销售潜力，财务有时会批准预支。对编辑来说，这等于向作家提供贷款，能确保作家不会转投其他出版社，继续为本社创作。然而，这种预支也存在作家交不出作品或交出不佳作品的风险。

那些选择预支的作家，心态与借贷者相似。他们并非没有钱，而是相信自己的收入能偿还借款，错将信用卡的贷款限额或出版社预期的版税收入当作可以随意支配的收入。一些作家还会为了满足自己的虚荣心而向出版社预支版税，认为畅销书作家理应拥有奢侈品或高档住宅。作家购物成瘾也很危险。

无论你的作品多么畅销，销售前景多么光明，仍要避免预支版税。即使编辑部可以提供资金，财务部门也可能会对此产生不满。今后如果出现与你实力相当的作家，出版社更倾向于选择那些从未预支过版税的作家。最终，预支版税的作家可能会逐渐失宠。

另外，有些作家偏爱接受编辑宴请，尤其是年长的畅销书作家，认为文坛就是出版社提供酒席的地方。

然而，如今的年轻编辑越来越多，许多人认为宴请作家是在浪费时间，对此苦不堪言。由于一些出版社不再提供接待费用，并非所有畅销书作家都能持续创作出畅销作品，酒

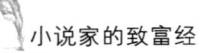

桌上的承诺往往难以兑现，此类宴请越来越少。现在，这种宴请仅存在于某些特定编辑与喜欢被款待的作家之间。

酒精不仅会妨碍创作，还会影响作家的健康。体重60公斤的人喝两杯红酒后，身体需要11小时才能完全将酒精代谢出去。因此，那些每日都酗酒的作家，其作品难以称得上是由健康的大脑创作而成的。

"喝酒更能激发灵感"的说法其实与"喝酒开车更清醒"一样荒谬。实际上，这是因为大脑忽略了细节，才产生"轻松完成工作"的错觉。

小说写作虽然不像开车那样伴随危险，但饮酒后同样会分散注意力，也会导致无法深入思考。如今，年收入达到数亿日元级别的作家几乎都不喝酒。顶尖作家基本滴酒不沾。作为作家，你无须戒酒，但要清楚在写作道路上，唯一的商业工具就是自己的大脑。小说家要像足球运动员注重腿部护理一样，随时关注自己的大脑健康。

是否应自费扩大商业宣传

当银行存款逐渐增加时，一些小说家开始考虑，与其缴

第十章 处女作成功或失败时

纳高额税款，不如将一部分用于投放广告。因为广告空间只要有钱就可以购买，与其依赖出版社，不如作家亲自出面宣传。

事实上，各大书店的橱窗、入口旁的海报展示位，书封、收银条上的广告位，甚至包括书店的特价书架和展示台位，都是可以花钱购买的广告空间，店员无法根据自己的喜好决定。具体费用可以通过网络查询。

通常来说，出版社会为想推广的作品支付宣传费，但有些作者想自掏腰包扩大广告覆盖范围。

赚取一定收入的小说家可能会认为，为自己打广告能增加销量，也是一种自我投资。

广告支出确实可以全额算作经营费用，出版社有时也会支持这种行为，如承担部分印刷费用。

然而，对于个体经营者来说，更容易接触到的是互联网广告，尤其是谷歌广告，只要有信用卡，任何人都可以操作。在获得出版社同意后，小说家可以自己支付这些广告费用。

然而，这并非理想的营销模式。出版社在推广成本中包含了宣传预算，广告投放应当是出版社的职责。

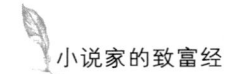

广告并非随意投放，而是经过成本效益分析而确定的。如果作家擅自大规模宣传，出版社难以判断这些推广效果是否有效。

这种情况下，作家自行支付宣传费用，实际上和自费出版并无二致。如果作家个人想开展宣传，最好仅限于在社交媒体或个人网站发布消息。与其自掏腰包投放广告，不如专注于写出让出版社愿意投入宣传费用的作品。

此外，有些作家可能会自费推出翻译版，以开拓海外市场。但我并不推荐这样做。如果作品是实至名归的畅销书，自然会吸引海外出版社的关注。通常各国出版社会通过专业代理公司主动提出申请，作家只需等待编辑邮件通知即可。

大部分外文译本的出版都是从中国台湾地区的繁体中文版开始的，随后在韩国、中国（大陆）、泰国等亚洲国家和地区相继推出。西方文学在东亚地区的翻译出版比较多，而东亚文学在西方的翻译出版比较少。日本文学在欧美市场的翻译出版不如在亚洲市场那么繁荣。

然而，如果作品决定在美国翻译出版，流程通常会和在亚洲发行时一样顺利，编辑会通知作家并安排出版事宜。欧美国家的日本动漫爱好者较多，轻小说通常作为一种文化现

第十章　处女作成功或失败时

象受到欢迎。

代理公司会代办与海外出版商的协议事宜，作家只需在相关的海外出版许可文件上签字盖章。如果希望对海外版的某些内容进行调整，也可以提前与编辑沟通。精通日语的英文翻译家会将小说翻译成相应语言。

作品在国外出版发行后，作家会收到几本赠书。因部分亚洲国家如中国等并无文库本格式，原版若是文库本，会以四六开大小发行，在美国出版则多为平装本。

了解网评真相

当几本书的发行持续取得成功后，你会发现一些原先未察觉的真相。比如在评论网站上，人们往往认为评论数量与销量成正比，但事实并非如此。

动漫题材或者科幻题材的小说，发行量少，评论量高。反观历史小说，发行量是科幻小说的两倍，评论量可能只有后者的六分之一。这可能是因为许多评论网站的用户是"智能手机一代"或善于使用电脑的动漫游戏爱好者。轻小说通常更容易获得大量评论。

小说家的致富经

在五星评分系统下，有大量高分作品的发行量较少。如果以发行三万册的文库版为基准，销量在三万册以下的书，通常会吸引志趣相投的读者，几乎得到一致好评，而销量在三万册以上的书，由于读者群多元，也会出现较多低分。再比如首印十万册的书尽管在评论网站未获高分，销量却很不错，甚至可能迅速再版。

以前在亚马逊上，用户只有在写书评后才能评分，现在可以只评分。这一改变使得给新书打分的人数增加，也出现了平均分上升的趋势。持批评性意见的读者往往更愿意写评论。

因此，书籍销量、实际口碑可能与所见到的网评有较大偏差。评论网站本质上并非市场调研的工具，而是供读者自由表达感想的空间，因此小说家将其视为获取信息的来源并不合适。要想了解书籍的实际销量，应直接咨询编辑。有时作者看到亚马逊上的评论数量大幅增加，以为离再版不远了，而实际情况可能恰恰相反。

判断作品是否畅销的标准并非出版社提供的销售数据，而是年末收到的收入报表。如果年收入超过五百万日元，并且预计未来几年都能保持这一收入，可以考虑辞去其他工作，全职写作。

第十章　处女作成功或失败时

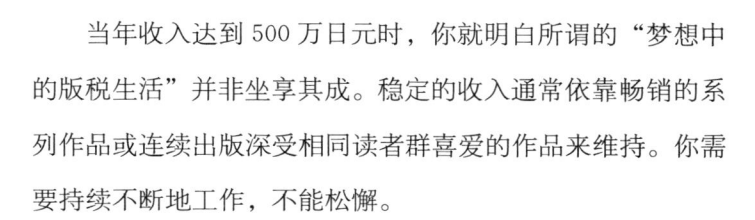

当年收入达到 500 万日元时，你就明白所谓的"梦想中的版税生活"并非坐享其成。稳定的收入通常依靠畅销的系列作品或连续出版深受相同读者群喜爱的作品来维持。你需要持续不断地工作，不能松懈。

即便某本书获得了百万级销量，次年税款也会消耗掉收入的一半。如果没有新作，缺乏经费支出，几乎所有收入都会被征税。销量达到百万级的书会迅速流入二手市场，导致再版停滞。一旦只凭一部作品赚得盆满钵满却未能推出续作，便可能被贴上"昙花一现"的标签，读者对下一本书的期待值也会下降。正所谓要"趁热打铁"，处女作畅销后要迅速出版第二本书。

但不要为追求数量而粗制滥造。即便首印量少，也不应靠提高出版图书数量来增加收入，因为如果口碑不佳，销量会继续下滑，甚至可能影响作者获得后续出版的机会。即使出现一两次销量不佳，也请继续专注于创作优质作品。

成为文学奖候选人时的注意事项

成为文学奖候选人的通知通常由责编告知。不同于公开

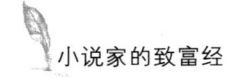

征集的新人奖，文学奖仅限于已出版的小说。根据奖项不同，评选标准也有所不同，包括评审委员会选出、书店员工投票或纯粹根据年度销量等。

有时，编辑会询问是否可以将你的电话号码提供给主办方，这通常是因为该奖项需要主办方直接与作家电话联系。无论获奖与否，最终结果都会由主办方工作人员电话告知。在这种情况下，与其为结果忧喜不定，不如为作品获得如此高的评价感到欣慰。成为奖项候选人后，相关信息就会对外公布，这也会给你带来好处，比如收到其他出版社的撰稿邀约。

从成为候选人到最终揭晓结果的这段时间，编辑不会收到任何信息。有些编辑可能会向内部人士委婉打探情况，但也很难获得确切消息，因为评审委员通常只会给出模棱两可的回答。即使作家内心焦虑不安，也不应向编辑打听选拔过程。

考虑周到的编辑可能会在颁奖日当天准备宴会，无论结果如何都可作为庆功宴或安慰会。对编辑的这份心意，作家应当欣然接受，但有些作家可能会因此而感伤。若是安慰会，参会人士会陆续离席，最终只剩作家与编辑对坐，这场景不禁让人联想到落选者的竞选办公室。如果只是稍感失落

第十章　处女作成功或失败时

还好，若处理不慎可能会爆发口角。编辑并非作家的"监护人"，如果你认为不需要安慰，可事先谢绝这份好意。

即便获奖，也可能会出现其他作品销量平平、收益不理想的情况。作者历经难关获得荣誉却得不到理想的工作机会，与获得医师或律师资格却找不到工作类似。年复一年，获奖作家不断增多，单凭头衔已难以维持生计。反倒是一些与文学奖无缘的作家却屡创销售佳绩。

正如擅长商业策略的医生通常更能赚钱一样，作家收入高低取决于本书强调的商业技巧与持续努力，而非获奖背书。文学奖对作家而言无疑是难得的荣耀，但在出版业低迷的当下，作家应牢记"这里就是舞台，努力证明自己"这一信条。人们更期待作家的新作成为"佳作"，而非沉浸于过去的辉煌。

出版界纷纷向获奖作家发出邀约，正是出于对高质量作品的期待。然而，如今没有人会认为仅凭获奖头衔就能确保作品畅销。

就像知名企业倾向于招聘东京大学毕业生，是期待他们能胜任繁难的工作一样，如果他们初入职场表现不佳，往往会招致更大的失望。

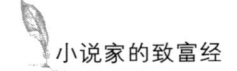

同样，如果文学奖获奖者误以为头衔能带来永久的尊敬，往往会在下一本书的出版中遭遇销量大减的窘境。获奖后，作家要持续交出符合市场期待的作品，才能赢得编辑和读者的长期信任。

时常回归初心

小说持续畅销，你会感觉已达巅峰，没有继续成长的空间。但过上几年，你仍会探索出新的写作技巧和表达方式。作为专职作家，若以系列作品为主，每年出版四至六本书，收入会随之增长。如果不断获得写作邀约，说明先前的作品依旧畅销。

在这个阶段，你或许已经不再需要依靠角色的照片来辅助"构思"了，只需在 Word 文档上写下角色的名字和简介，就能自然联想到角色间的矛盾与冲突。即便如此，还是应当时常回归初心，回到初次写作时的场景，重温那些最初的尝试。通过这种回溯，你会看到自己成长的痕迹，甚至得到新的启发。文学创作始终伴随不断的尝试与摸索，今天的努力都是在为明天做准备。

第十一章　应对小说改编电影和电视剧的建议

如果收到影视改编邀请

关于各类媒介化改编

小说家被称作原作者的那天

电影化或电视剧化是否能使原作畅销

何为影像化选项合同

关于"原作者 = 地主"的心态

关于"制作委员会方式"的误解

如何与影视版制作团队互动

第十一章 应对小说改编电影和电视剧的建议

如果收到影视改编邀请

将小说改编为电影、电视剧或动漫是一项重要的合作,能够极大提升作品的影响力和知名度。

一旦确定影视化,原作销量通常会出现爆炸式增长。在小说家事业发展过程中,影视化占据重要地位。然而,原作是否能够获得广泛人气,在很大程度上取决于影视版的商业成败。虽然影视版可以扩展作品在大众中的认知度,但原作往往与影视版荣辱与共。如果影视化改编不尽如人意,可能反而影响大家对原作的评价。因此,小说家在同意影视化提案、签署合同时,必须保持高度谨慎。

关于各类媒介化改编

在讨论影视化之前,先来了解其他媒介化的形式。先来说漫画化。近年来,小说改编成漫画的门槛大幅降低,即使是人气一般的轻小说,也有机会被改编成漫画。通常,改编的漫画会在原出版社的漫画杂志上连载,有时也会由其他出版社出版。由于都是出版界的合作，协调相对容易。签订漫画化协议后，原作者可以提出需求，甚至参与一定程度的制作，但这通常由负责的编辑协调解决。原作者不会直接与漫画家接触，这也减少了问题的发生。

与影视化的大规模宣传不同，改编漫画即便不受欢迎，也不会对原作造成太大影响。在一般文学作品中，漫画版影响力超过原作的情况不多，但在轻小说领域很常见。如果轻小说的改编漫画获得成功，还能大幅推进动漫化进程。

再来说游戏化。游戏化通常是多媒介改编计划的一部分，往往伴随大规模影视化项目。比如轻小说的动画化与游戏化会同步进行。

游戏开发需要一年以上的时间，且费用庞大，只有在盈利预期较高时才会启动。编辑会将改编游戏意向告知原作者，但此类业务的重点在于公司间的对接。通常是出版社与游戏公司合作，有时广告代理商和影视版相关方也会参与进来。

因此，出版社会与原作者签署类似委托书的合同，由出版社代表原作者处理复杂交易，确保原作品牌不受损。原作者虽然属于局外人，但仍可通过编辑了解游戏开发过程。然

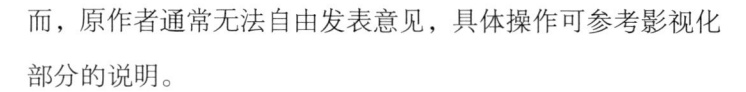

第十一章　应对小说改编电影和电视剧的建议

而，原作者通常无法自由发表意见，具体操作可参考影视化部分的说明。

此外，舞台剧改编的成本通常低于影视化，因此更容易实现。不过，舞台剧的规模各异，可以是知名演员参演的大型舞台剧，也可以是无名剧团的小剧场。一般会由出版社出面接洽，原作者如果有社交媒体，或在作家协会名册上留了联系方式，可能会直接收到邀请。即使是小规模的演出，也不要随便同意，应建议对方与出版社联络。无论活动规模大小，二次使用的授权原则上应通过出版社办理，以避免后续可能出现的纠纷。

过去，制作供视障人士使用的"录音图书"是常见的二次使用请求。多由志愿者发起，几乎没有报酬。如今，这些已逐渐被专业播音员录制的有声书和电子书朗读应用取代。

虽不完全算是媒体化，但小说的部分内容有时会在升学考试的语文阅读理解题中出现。这类引用不会事先通知原作者，因为提前通知可能会泄露试题。

根据日本的《著作权法》第三十六条第一款规定，出于入学考试或其他学识技能测试的目的，可以在合理范围内复制或通过公共传播方式使用公开作品。2003年法律修订后，

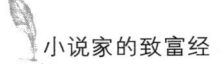

这一规定也适用于在线考试。

然而，当考试题目被收录进市售的试题集时，该法条不适用。出版方会向原作者确认是否同意引用。作者往往在此时才得知自己的作品被考题引用。同意引用的流程非常简单：签署同意书并盖章，同时填写银行账号以便收到版权使用费。准备一枚包含所有必要信息的橡皮印章能让这些流程更加便捷。

小说家被称作原作者的那天

当小说收到影视化提案时，通常由编辑第一时间通知作者，多数情况下，编辑会通过邮件简单告知，比如"我们收到了这样的提案"。如果影视制作方直接联系作者而非出版社，建议请对方联系你的编辑，避免自行回应。作者试图向制作方打探内情或干涉制作并非明智之举。

影视化的初步提案多为试探性询问，制片人打来电话通常是为了希望在早期锁定版权。有时，著名作家新书发布当天就会接到类似联络。大出版社对影视化签约流程非常熟悉，编辑也习惯了此类请求，往往以事务性语气对制片人

第十一章　应对小说改编电影和电视剧的建议

说:"如果你们的策划确定下来,请提供详细策划书供我们评估。"

当你听说影视化提案时,不必太过兴奋。尽管初次收到此类提案可能让人激动,但现阶段仅是咨询而已,与参观样板房的顾客表示"正在考虑购买"相似,也许只是对方的一种试探。

如果联系人是来自电影发行公司或电视台的"制片人"(负责资金和发行的决策者),小说影视化的可能性通常较高。相比之下,制作公司内部的"制作人"(负责具体拍摄和制作的人员)联系你时,可能说明还处于初步计划阶段,未向发行公司或电视台推销策划案。

无论是哪种情况,此时仍无法判断对方对你的小说有多重视。或许他们正在同时评估多部小说的改编潜力。这一阶段,作家基本无须采取实际行动。即使要求编辑进一步探听对方意图,也不会得到明确结果。这种情况与获得文学奖提名的情形类似。

即使出版社有专门处理影视化的部门,他们也只会在策划更加明朗时才开始业务谈判。这些部门通常只是企业间交易的联络窗口。作家此时无法主动表达对影视化的具体

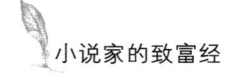

要求。

尽管影视化对作家而言可能是梦寐以求的机会，但必须明确，影像版的著作权归属制作者。影像作品发布时，原作者、导演和编剧将按比例分成，但原作者的著作权仅限于小说本身，并不扩展到影像版。认为原作者可以完全控制影像版的制作是错误的。

即便收到关于影视化的询问和策划书，有些编辑也不会立即告知作者，因为有些作者可能拒绝影视化。按理说，编辑应尽早询问作者意向，但在确信作者不会拒绝的情况下，编辑可先自行处理。

尤其是当联系人是"制作人"而非"制片人"时，往往只是制作公司制作人层级的初步探讨，因此，编辑有时会做出尚不适合通知作者的判断。显然，与"制作人"相比，出版社更重视"制片人"。当二者都提出影视化请求时，出版社优先考虑"制片人"。

此外，大多数出版社原则上不接受尚未成立法人的独立制片人提出的影视化提议。日本很少有独立制片人，海外则很常见。当小说译本已在海外出版时，有些自称好莱坞制片人的人会发来邮件，但"好莱坞"终究只是一个地名。这种

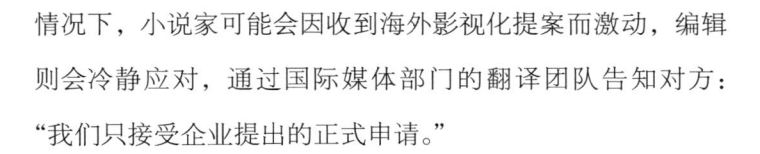

第十一章　应对小说改编电影和电视剧的建议

情况下，小说家可能会因收到海外影视化提案而激动，编辑则会冷静应对，通过国际媒体部门的翻译团队告知对方："我们只接受企业提出的正式申请。"

电影化或电视剧化是否能使原作畅销

　　制片人发来的策划书通常包含"策划意图""剧情梗概""演员候选名单"和"导演候选名单"等信息，有些只是简洁的几页，有些则包含多张图像、制作精美。演员和导演的候选人名单上可能会列出知名人物，但这通常是在未提出正式邀请的情况下列出的。出于避免让小说家产生过度期待的考虑，编辑往往会保留这类信息，不会立即向作者传达。尤其是轻小说在动画化阶段，编辑会尽量避免通知原作者，以免原作者对制作公司或配音演员产生过度反应。

　　由于小说的宣传手段非常有限，即使是规模较小的影视化，也被视为聊胜于无。比如，影视化作品即使只在小规模影院上映，只要在书的封面贴上"电影化作品"的腰封，通常也能期待图书销量有所提升。然而，事实却并非如此。

　　小型影院上映的电影、卫星电视播放的电视剧或网络剧等，虽然预算较低，有时也会由知名演员担任主角。即使是小规模制作，策划书上的演员名单通常也不是完全空想的。演员事务所不仅与大电影公司或电视台合作，也会接受一些小剧目的邀请。制作方通常希望通过邀请明星担任主演来提升剧目的吸引力。

然而，无论明星的知名度有多高，只有在宣传费用巨大、全国院线上映电影或在全国电视网播出电视剧，这样的影视化才会对原作销量产生显著影响。规模较小的影院上映或卫星频道播放，对图书销量的提升作用非常有限。如果原作在影视化前就已成为畅销书，那么影视化不过是锦上添花。

倘若影视化作品未能在公众中广泛传播，原作获得的收益会远低于预期。充其量只会带来一次小规模的加印，而且即使是这些带有"影视化作品"腰封的书籍，最终也可能无法售罄。

如果电影上映或电视剧播出结束后，这些带有腰封的原作仍然被摆放在书店进行销售，说明其销量未达到预期。对于动画作品来说，情况也类似。如果是发行受众有限的OVA（原创录像动画），效果极为有限。

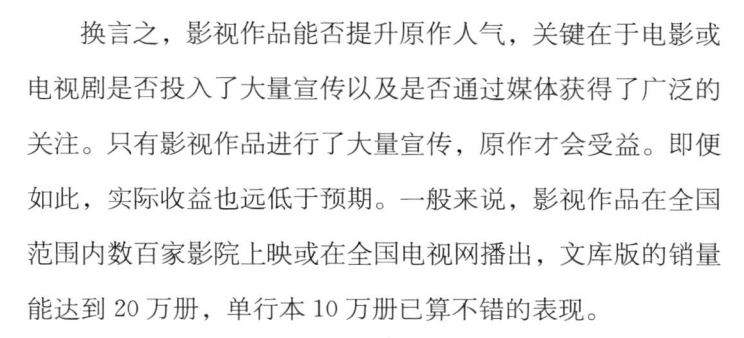

第十一章　应对小说改编电影和电视剧的建议

换言之，影视作品能否提升原作人气，关键在于电影或电视剧是否投入了大量宣传以及是否通过媒体获得了广泛的关注。只有影视作品进行了大量宣传，原作才会受益。即便如此，实际收益也远低于预期。一般来说，影视作品在全国范围内数百家影院上映或在全国电视网播出，文库版的销量能达到 20 万册，单行本 10 万册已算不错的表现。

如果原作销量超过这一水平，主要得益于小说本身的吸引力，而非影视化的结果。即使影视化能够帮助增加销量，这种"封条效应"对原作销量的影响也很有限。

理解这一点非常重要。即便被改编成电影，原作也并非注定畅销。很多人认为"影视化带来的收益总比没有要好"，但实际情况是，有些作品在影视化后仅带动一万册加印，利润甚至不足百万日元。这与作品获得文学奖后出版社加印但销量不佳的情况类似。

如果电影或电视剧大获成功，原作的销量也会增加，但若电影或电视剧没有取得商业成功，原作的销量也会受损。即使小说本身评价较高，电影失败也将对原作销量造成很大冲击，原作者的形象也将受损。原作可能会滞销，大部分会流入二手市场，几乎失去了商用出版的生命力。

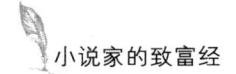

影视化无疑是对小说原作的极好宣传机会，但在一定程度上，原作的价值也将由影视版的成败决定。这对小说家来说似乎不太合理，但也不应轻易拒绝影视化的机会。

小说家应该认识到，影视化是一场高风险的赌博。虽然并不需要作者投入金钱，但却将自己辛苦创作的作品作为赌注，结果完全取决于影视化团队的努力与成败，这对作者未来的收入和作品也将产生深远影响。

何为影像化选项合同

当出版社评估影视化策划书，并认为此项目具有商业推进价值时，便会与制作方签订影像化选项合同。此合同是指在一定期限内赋予某公司（如电影公司或电视台）作品影视化的独家使用权，但并不代表影视化已经敲定。在日本，改编电影的原作使用费约在一百万至两百万日元之间，最高可达四百万日元，并会扣除所得税。签约时对方支付一半款项，影视化完成再付尾款。即便最终没有实现影视化，原作者也无须退还已收款项。

第十一章　应对小说改编电影和电视剧的建议

在这笔原作使用费中，出版社作为代理方提取三成作为手续费，这一比例也可由小说家和出版社协商决定。

原作者从影视化中获得的收入，原则上仅限于选项合同规定的预付款和尾款。关于影视化收入的问题，曾出现"电影票房突破五十亿日元，而原作者仅获利百万日元"的争议，这种情况源于选项合同的相关条款，并非出版社从中剥削。如果原作者希望从票房收入中分成，须在签署合同时明确提出，并要求编辑将其写入合同。

然而，在影视化处于早期策划阶段、尚未成形之际，要求票房分成的原作者并不多见。实际上，如果原作者提出分成要求，制片方可能会犹豫甚至取消合作。由于担心策划流产，大多数原作者会选择接受现有条款。选项合同是各方谈判的一部分，签订后就不能再抱怨。

即便无法从电影票房中分成，影像化作品被二次使用（如发行 DVD 和蓝光）时，原作者、导演和编剧仍可获得相应版权费。按照日本文艺家协会、日本电影导演协会及日本编剧协会的规定，著作权人可获得"光盘价格的 1.75%×出货量"及"租赁公司支付给厂商金额的 3.35%"的收益。出版社作为中介会抽取部分费用，若电影大卖或电视剧收视率高，光盘发行数量自然增加，由此产生的收入总额也会上升。网络播放和电视台播放也是如此，如果作品受欢迎，播放次数越多，收入也会相应越多。票房超过 50 亿日元的电影通常能为原作者带来可观回报，同时原作销量也会因此提升。

即便在金钱方面可以妥协，但作为原作者，仍然希望维护小说中的角色和世界观。角色往往是作者通过构思孕育而生，因此作者可能会对影视化主角持有特定印象并坚持己见。然而，大多数影视化策划都会提前列出或选定主演候选人、导演和编剧（对于动漫来说则是角色设计和制图负责人），可能与原作者心中的角色形象有出入。

原作者只能从下面两种选择中做出决定：如果认可制作团队，就签署选项合同；如果对制作团队不满，可以拒签。尽管原作者可以表达自己希望某位演员出演的意愿，但基本上不会被采纳。

影像化的制作方不可能完全按照原作者的期望开展工作。制作团队需要在有限的资源和复杂的人际关系中协调各方利益，筹措巨额资金，还要冒着票房失败的风险投入制作。作为原作者，应当理解并尊重他们在影像化过程中付出

第十一章　应对小说改编电影和电视剧的建议

的努力和承受的风险。

关于"原作者 = 地主"的心态

作为原作者，当自己的小说被影视化时，难免会幻想出理想的画面："开场应该播放这样的音乐，切入这样的镜头，某某演员以这样的姿态登场……"原作者希望制作方能承诺还原这些细节。然而在影视化过程中，版权作者是制作者而非原作者。影视化中的"原作者就像地主"。请牢记下面这个比喻。

假设你在自家空地上耕种，这时一位陌生开发商走过来说："你有一块好地，不如建个超市吧！"这就是影视化的选项合同。

作为地主的你不禁思索，超市租金既能带来可观收入，还能促进当地经济发展，但又对建什么样的超市有些担心。你对开发商说："基本同意，但请尊重我的意见。"

听罢，开发商眼中闪着光，说："当然了，作为地主，你的意愿会得到最大限度的尊重。请在这里签字盖章……"当你签完合同，却发现建成的居然是一家情趣酒店，只在入

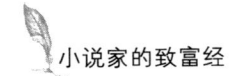

口旁开了个卖熟食的小店,开发商还理直气壮地说这是超市。

你向开发商抗议时,却被对方告知:既然已经建好,就无法更改。情趣酒店的出现引来周围居民的不满,地价也急剧下跌,连你的名誉也受到影响。

最终,这家情趣酒店由于经营不善而倒闭,只剩一块贬值的土地和上面废弃的建筑。今后再也没有开发商想租你的地了。

对于原作者来说,第一次影视化的经历大致如此:明明是青春推理题材的小说,却被改成了恐怖片;主角从小学生变成高中生;故事背景从西方搬到了日本;等等。这种对原作的篡改,可能是因为制作人并非真正热爱你的小说,只是把它当成达成自己目标的工具,导致最终呈现出一个看似契合原著但实际上与原著精神完全背离的作品。

一旦影像化失败,原作的潜力就会被完全扼杀。影像化失败的作品极少有再次被改编的机会。此外,现有的读者群也可能因作品声誉受损而流失。

即使忠实读者依然支持你,影像版是"烂片"的名声会长期挂在你的原作之上。在影像版持续上线期间,你的小说

第十一章　应对小说改编电影和电视剧的建议

标题会成为网络嘲讽的对象。比如,"某某作品真的太差劲了",观众甚至无法区分吐槽的是影像版还是原作。唯一可以确定的是,作品的品牌价值已严重受损。

为何原作会受到如此牵连?这与影像版观众的心理有关。比如,观众在评价电影时经常说"剧本写得好"或"剧本太差",尽管他们并未真正阅读过剧本。

事实上,制片人和导演通常会仔细甄选剧本,实际问题可能出在演员的表演或导演的演绎上。

然而,观众认为自己"看懂了剧本",因为他们听到了台词,理解了剧情。同样的逻辑也适用于原作小说。

对未阅读原作的观众而言,观看影像版相当于"阅读"了原作。如果影像版的故事框架与原作相似,观众会理所当然地认为:"电影是烂片,原作也一定是烂作。"

关于"制作委员会方式"的误解

由于影视版著作权归制片方,如果在选项合同中未明确列出,原作者的意见不一定会在影视作品中得到体现。比如,某出版社经手的影视化选项合同中第五条包含"品牌管理"条款,但能否得到制片方重视还不得而知。如果有人认为这因人而异,那也无可反驳。

下图合同第三条规定,制作方改编原作内容,须事先获得许可。第三条第二款中规定,虽然出版社可以提前得到剧本,但制作方并未承诺会忠于原作。

第3条(本件映像化の製作及び利用等)
　　著作者は、本件映画の製作及び利用の過程において、本件原作の内容に変更が加えられることがあることについて予め承諾する。
2　KADOKAWAは、本件映画の製作過程において、本件映画の脚本を著作者へ提出し、その意見を聴取し、尊重する。但し、脚本内容の最終決定はKADOKAWA又は許諾先が行うものとし、著作者はこの旨予め承諾する。

合同条款

许多原作粉丝常抱怨:"既然要改这么多,还不如另外创作一部作品。"但对制片方而言,有原作在手更容易拟定策划书并获得通过,尽管不想忠于原作,却希望借助畅销小说的名气招揽明星、筹集资金。

造成这种现状,并不能简单归咎于影视行业本身。实际上,有良心的制作人也希望忠实呈现原作。原作者要对日本影视业有正确认知,不应被世人关于"日本的电影和电视剧不行"的偏见左右。

经常有人说,"日本电影因采用制片委员会的方式才很

第十一章 应对小说改编电影和电视剧的建议

烂",指责多个出资方各持己见影响作品质量,导致电影内容显得支离破碎。

但这并非实情,而是一种误解。实际情况是,虽然制片委员会包含多个出资方,但真正掌握实权的通常是出资最多的"干事公司"。近年来,有些影片的字幕也注明了具体的"干事公司"。如果干事公司是电视台,其本身就是影像媒介公司,实权掌握在电视台制片人手中,其他出资方无权干涉。

即便有制作公司或发行公司加入制片委员会,决策权依然归干事公司。正如召开会议,出资最多的企业掌握决策权一样,这是显而易见的事。

出版原作的大型出版社常被邀请加入制片委员会,但近年来有不少出版社表示拒绝,因为出版社若无法成为干事公司,便难以对电影制作施加影响,票房惨败时还要承担损失。对于出版社来说,和直接作为"原作出版方"提出意见相比,加入制片委员会并无优势。

如果出版社愿意出更多资金成为干事公司,电视台可能会宣称"不当干事公司便退出"。电视台在宣传方面实力雄厚,它的退出将对电影造成重创。因此制片方最终通常会满足电视台的要求。

实际上，电影的制作并非由多方意见主导的，而是由干事公司的制片人一人决定的，带有独裁色彩。即便制片人握有导演任命权，一旦进入拍摄阶段，导演仍然拥有一定的创作自由。如今的导演通常很圆滑，善于在不与制片人发生冲突的前提下坚持自己的风格。

影片质量最终取决于导演的能力，而非制片委员会。因此，原作者干涉导演的工作并非明智之举，因为导演也是电影版的"创作者"，二者之间如果爆发过多意见冲突，可能严重影响电影拍摄进展。

干事公司的制片人对此十分清楚，他通常会代替导演，主动承担向原作者解释的工作。而出版社的对接方，基本上也是这位干事公司的制片人（他们的正式职位并非如此，在现场通常被直接称为"制片人"）。

此外，电影片尾出现的名单中可能会有"制作总指挥"或"执行制片人"的名字。这些人通常是更高层管理者，而非直接参与制作的现场负责人。在实际拍摄过程中，负责各方协调工作的是"现场制片人"（Line Producer）。然而，由于资金和人事的最终决策权掌握在干事公司制片人手中，现场制片人也需要按照他的指示行事。

第十一章 应对小说改编电影和电视剧的建议

当对选项合同存疑时,干事公司制片人是与原作者会面的关键人物。原作者首先要明确理解影视版是对方的作品,在此基础上向对方提出自己无法妥协之处。通常,原作的责编也会在场,可以事先请他们支持自己。如果原作者想查看电影情节或剧本,也可在此时说明。如果制片人同意,便可在合同中明确写入相关条款。

如何与影视版制作团队互动

在前期制作阶段(正式进入制作前的准备阶段),进度因项目而异,但对习惯了出版行业节奏的小说家而言,经常会惊讶于影像化制作的速度之快。比如当你刚对收到的故事大纲提出修改意见,打算"稍后再指出细节问题"时,剧本的初稿可能已经完成了。特别是对于电视剧情节,小说家往往只有一次对剧本提出修改建议的机会,行动必须要快,否则会被告知"已经没时间再修改"。剧本的最终版通常不会让原作者审阅,因为那时已经无法再做改动。

即使原作者有机会提出建议,也不一定会被采纳,甚至可能听到这样的回应:"原作中是这样写的,我们不能随意改动。"在影视化过程中,原作者的意见并非总能得到重视。如果某些内容对你至关重要,应当在签订合同时明确写入。

原作者通常会被邀请到拍摄现场,尤其是那些主要演员齐聚的大规模拍摄场景。虽然初次见到明星时,你可能会感到兴奋,但很快便会意识到"每个人不过是普通人"而已。此时,你可能不会因自己的作品得到实体化展示而感动,反而会强烈地意识到这是他人——导演的作品。事实上,影像版可视为他人独立的著作。

虽然原作者受到尊重,但在拍摄现场,别忘了你只是个"地主"。虽然你才是这个电影项目的起点,但仍然只是个备受尊重的局外人。你与导演见面时,不应对其工作方式指手画脚。这就像电影导演闯入你的书房,在你写作时站在你身后对小说内容指手画脚一样,显然是无礼之举。

在拍摄现场,真正与你沟通的通常是干事公司的制片人,而不是导演或主演。即使你对配音演员有好感,也不要在录音棚与对方单独接触。要将恋爱与工作区分开来。

此外,原作者不得擅自公开电影制作的相关信息。电影版的相关消息,通常由制作方决定,并通过媒体发布。比如制片人可能会通知编辑:"某月某日的体育报早报上会刊登

第十一章 应对小说改编电影和电视剧的建议

消息。"当天,各大电视台的早间节目也会对此进行同步报道。

原作者会被邀请观看首映预览,但看到的往往是已经"画面锁定"(Picture Lock)的版本,即影片不得被再次修改。这意味着即便你希望重新剪辑某些部分,也已无能为力。大多数情况下,你会感到遗憾:"为什么不早点让我看?"但由于影像版属于独立著作,你抗议也无济于事。

如果首部影视改编作品获得成功,这样的情况实属罕见,并非常态,请不要对未来的改编抱有过高期望。

一些作者不愿见到自己的原作被扭曲,可能希望亲自编写剧本,但在行动前应先咨询编辑和制片人的意见。在签署选项合同时提出这一请求较为合适,尽管表面上你的建议受到欢迎,实际上往往会遭遇阻力。

对方不是质疑你的写作能力,而是因为编剧的工作不仅要符合制片人和导演的意图,还要应对各种不合理的改写要求,比小说创作更加辛苦。若无法接受这些不合理要求,作为小说家,你将很难胜任此项工作。

原作者往往认为自己对影视版的建议最佳,但对制片人来说,过度干涉只会平添负担,因为制作方在诸如预算、演员档期、拍摄进度等方面往往有无法妥协之处。

当小说家忙于编写剧本时，可能无法全力投入小说创作的本职工作。即便读者知道你参与了影视编剧工作，也不会接受你因编剧而忽视小说创作。为了不让期待你作品的读者失望，影视制作期间，小说家应继续专注下一部作品的写作。

若能在影视化确定的同时创作续集并打造系列小说，当影视版发布时，整个系列的销量将获得提升，这是增加收益的有效方式。然而，对原作者来说，过于依赖影视化是不明智的，即便影视版中主角形象有所变化，原作者也要始终保持原作中角色的独特性。无论影视版多么成功，坚持最初世界观的你，才是读者长期支持的对象。

第十二章　成为畅销书作家后的注意事项

成为畅销书作家后的日常生活

当收到电视节目邀约时

你的未来

第十二章　成为畅销书作家后的注意事项

成为畅销书作家后的日常生活

如今，你已经作为全职作家，能够稳定地获得高额收入。接下来需要注意些什么？你可以去享受悠闲自在的生活。尽管企业家或艺人可能比你赚得更多，但他们需要经常在外奔波忙碌。作为作家，你拥有完全自由的日程安排。有的作家会特意租一间工作室让自己"通勤"，但你基本上可以在家工作。不仅省去通勤时间，还可以睡到自然醒。

编辑通常会通过邮件和你沟通创作事宜。你用电脑写出构思好的故事，以 Word 文档形式附在邮件里发给编辑。大约两周后，编辑会将初校快递到你家。你有一周时间在校样上标注，并用随寄的回邮信封寄回。再过两周，你会收到二校样，再做修改并寄回。最终校样会以 PDF 文档形式发送给你，可直接在电脑上进行确认。

不久后，亚马逊等线上书店将启动新书预售，实体书和电子书会在发行日同步上市。全国各地的书店都将摆放你的作品。一两个月后，版税会打到你的银行账户，你可以通过网银查收。

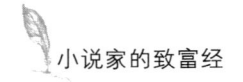

作为全职作家，你无须外出就能完成所有工作。编辑不会到你家或工作室拜访，作家也无须再去拜访出版社。

现在的你，无须通勤，即使攒够在东京市区购房的存款，也没有必要非住在市内。你可以在郊区购置一栋宽敞的房子，开着高档轿车出行，无须乘坐电车。白天你可能会遇到交通拥堵，但由于工作时间自由，可以选择夜间出行。如果你不仅在郊区有一套房，还在市区拥有一套公寓，夜晚可以转移到公寓，便于购物和办事。

一般来说，自由职业者在租赁高档房产或申请贷款时，会受到严格审查。然而，如果你的收入已经达到一定水平，就不必担心这些。只需提供过去三到五年的纳税申报单，即便是自由职业者也能轻松通过审查。同样，信用卡审核也会变得容易，可能很快就能升级至黑卡或白金卡。不过，你要对贷款和信用卡额度时刻保持警惕。

当收到电视节目邀约时

是否接受报纸或杂志的采访，完全取决于你的选择。既然你已经不再是新人，如果认为采访对新书销量影响不大，

第十二章　成为畅销书作家后的注意事项

没有必要特意接受采访。

同时，你可能会收到电视节目的邀约，通常是关于新书的采访，内容与报纸和杂志采访相似。身为作家，你被视作"文化人"，即使参演全国电视网络节目，也能收到三万到八万日元左右的出场费。文化人通常需要自备服装，电视台不会提供，只会为你简单化妆并安装领夹式麦克风等。

在 YouTube 盛行的今天，即便不是艺人，大多数人也了解一些影像录制常识，但依然有人不熟悉电视制作流程。与节目主持人交谈时，你可能会遇到这样的情况：录制开始前，主持人还在与你愉快地谈论新书，镜头一开，却表现得像是初次见面，而且对新书一无所知。

我们日常随意观看的电视节目中，出演者实际上都在按剧本表演。电视节目遵循"传达给观众的一切就是事实"的原则。因此，无论是主持人与小说家的会面，还是图书的介绍，这些场景都会在镜头前重新再现，大家对此并不觉得奇怪。作为小说家，你只需顺应这种安排即可。

文化人并非娱乐圈人士，节目导演有时会体贴地避免让你参与这些"演戏般"的互动，而是安排你在节目中与其他嘉宾初次见面。同时，也不让你与主持人事前会面或问候，

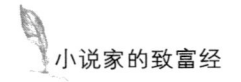

直接在录制中进行初次互动。这种安排通常是为了让画面显得更加自然，导演有时甚至会放任对话自由发展。对于这种情境，你只需保持礼貌，完成基本回答即可，不必过分担忧。

在采访录制前后，你可能会被要求拍摄一些诸如独自在走廊行走的画面，导演甚至会指导你"不要看镜头，直接往前走"。这类演出性质的安排可能让一些严肃的中老年作家疑惑："这不是纪录片吗？为什么有这种安排？"但对习惯了YouTube或类似平台的年轻一代来说，这并不奇怪。实际上，这只是录制电视节目的常规操作。

请勿在社交媒体或专栏上将这些安排吐槽为"假象"，因为这在电视制作方看来并非"夸张的演出"。这种基于镜头存在的安排，更多是为了照顾你本人的情绪，避免让摄像机拍到你不愿公开的小动作或场景。

节目组的工作人员通常比较年轻，穿着随意，对你的态度未必表现得十分敬重。这并非失礼，而是因为他们见惯了名人，见到你时当然也不会特别激动。有时，他们甚至在嘉宾到达前都不知道来者是谁。他们更注重准确完成自己的工作。即使这是一档"欢迎知名作家"的节目，技术团队也不

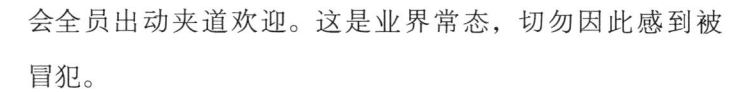

第十二章 成为畅销书作家后的注意事项

会全员出动夹道欢迎。这是业界常态,切勿因此感到被冒犯。

无论是电视采访还是其他公开活动,请尽量避免扮演评论家的角色。评论自有专业人士。如果你立志成为"作家兼评论家",需要每日研习,不断保持客观态度。同时要避免"我是知名作家,所以我的评论与众不同"这种傲慢的情绪。即便你的小说精彩,也不意味着公众会无条件接受你的所有言论。

作为一名全职作家,请将你的观点融入小说创作中,而不是在公众场合直接发表。这也符合公众对作家的期待。

至于文学评论家,他们夹带主观意识的专业评论会受到读者关注,同时他们也需要为这些言论负责。

你的未来

作为知名作家,当你在书店举办签名会时,许多忠实读者会排队等待。既然不是明星握手会,你不妨放慢脚步,感谢每位读者,认真与他们交流。即便读者沉默,你也可以主动问些问题,比如"平时喜欢读什么书?"或"你觉得我的

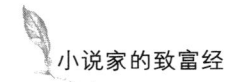

上一部作品怎么样?"。有时你能从读者的回答中获得宝贵意见。偶尔读者还会请你在签名旁写下座右铭,如果你不想拒绝,最好提前准备一下。

税务申报应交给税务师处理。当你的年收入超过一亿日元时,税务局会对你的开销进行严格审查。他们可能会质疑:"为什么你购买的豪华新车,三年后出售时价格大幅贬值?"

税务部门的工作人员不会去亲自调查二手车的市价,只要他们觉得有疑点,就会要求你做出解释。哪怕是可以轻易查证的事情,证明责任也在纳税人一方。此时,你需要请车辆经销商提供资料,证明价格合理。只要你按时缴税,就能应对税务部门的所有问询。如果已经和税务师签约,对于税务问题,你大可放心,但在折旧费的计算等方面要力求准确。

如果你出版多年的文库本得以在另一家出版社再版,还能获得一笔收入。你要与原出版社充分沟通,友好终止合同,并将版权移交给新出版社。

随着时间的推移,你认识的编辑越来越多,务必注意不要弄错他们的电邮地址。

虽然这并非急事,但为了挚爱的人,你可以通过立遗嘱

第十二章　成为畅销书作家后的注意事项

来明确财产及著作权的继承。若已与顾问律师签约，手续会更简便。即便没有签约，律师事务所也会接受你的咨询。律师会协助你进行遗嘱公证，并陪你前往公证处。公证原件将存放在公证处。法律规定公证时需要两名见证人，公证处会为我们介绍。

请牢记心怀感恩。除了感激自己的幸运外，还要感谢周围的一切。你或许曾因经历过困境，习惯于沉浸在幻想中。得益于这些经历，你拥有了丰富的想象力，从而创作出精彩的故事，让无数人从中获得乐趣，你也因此获得回报。

无论物质生活多么富足，你内心的幻想都不会枯竭。你已成为拥有无限能量、能创作不朽之作的职业作家，这份职业没有退休之日。从事充满意义且能伴你终身的职业，无疑是一种永恒的乐趣。

请铭记这一点，这就是你的未来。

想要"畅销",必读!——献给《小说家的致富经》

吉田大助(作家)

我们听到"疏离文字""远离阅读"这些说法多久了?曾经是娱乐之王的小说,其地位在近几年迅速被其他娱乐方式取代,人们每天的空闲时间也被智能手机占据。通过增加读者来改善现状的努力早已做到极致。如此一来,那就只能通过增加作者(参与者)的数量来解决问题。增加创作者的"参赛人口",能够激活整个行业,这一点在日本的排球、足球,以及 YouTube 发展史中都得到了验证。松冈圭祐在本书中采用了这一方法,以"成为畅销书作家,就能成为亿万富翁!"的标语号召大家加入小说创作的行列。

这些话出自松冈圭祐之口,才显得更为真实且具有说服力。毕竟,他在 29 岁时便以出道作《催眠》(1997 年,小学馆)一举达成百万册销量,成为畅销书作家。从稻垣吾郎主演的电影和电视剧改编版《催眠》,到绫濑遥主演的电影版《万能鉴定士 Q》系列(2010 年—2020 年,角川文库等),再到《千里眼》系列(1999 年—2006 年,小学馆/小学馆文

想要"畅销",必读!——献给《小说家的致富经》

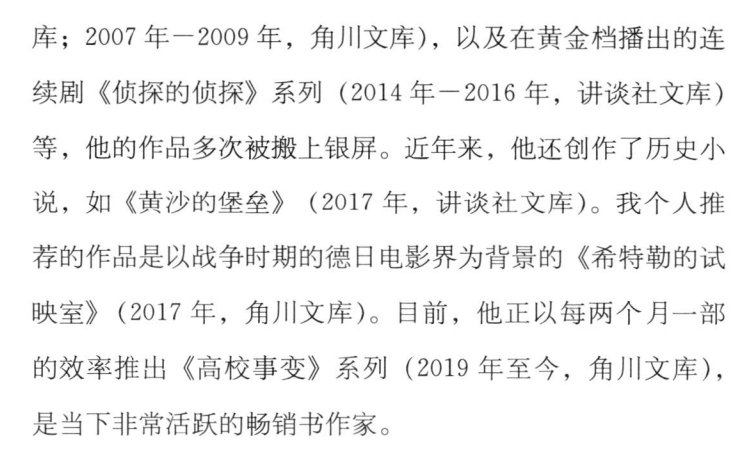

库;2007年—2009年,角川文库),以及在黄金档播出的连续剧《侦探的侦探》系列(2014年—2016年,讲谈社文库)等,他的作品多次被搬上银屏。近年来,他还创作了历史小说,如《黄沙的堡垒》(2017年,讲谈社文库)。我个人推荐的作品是以战争时期的德日电影界为背景的《希特勒的试映室》(2017年,角川文库)。目前,他正以每两个月一部的效率推出《高校事变》系列(2019年至今,角川文库),是当下非常活跃的畅销书作家。

然而,在崇尚"整齐划一,冒尖就打"的日本社会,人们往往喜欢听创作者谈书卖不出去的故事,一旦作家获得成功,人们的态度会立刻发生改变。他们将对方成功的事实视为一种炫耀,毫不掩饰自己的嫉妒之情。尤其在艺术表达领域,谈钱被认为不够文雅,甚至有些粗俗。

正因如此,本书的存在尤为珍贵,甚至可以称为"勇气之作"。

它的结构独特,采用了一种教练式语调,畅销小说作家——本书作者,直接与作为"你"的读者交流,为你加油,激励你前行。全书分为两部分,"第一部分 成为小说家"是面向初学者的小说写作教程,"第二部分 致富之路"

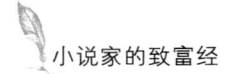

则是为在写作一线持续奋斗的职业作家讲述处世之道。

首先让人惊讶的是,第一部分中展示的创作方法,体现了作者独特的创作技巧。市面上虽然有许多由专业小说家撰写的写作指南,但本书的核心理念在于非同寻常的原创性,特别是其中一些令人陌生的术语,比如"去'构思'吧!",令人耳目一新。具体内容详见本书。

简而言之,就是要在设计角色的基础上,通过对角色之间关系的自由联想,孕育小说(故事)。读到这里,你一定会心生激动,认为自己也可以尝试用这种方法写小说。为了重振小说界,作者希望"增加写作者=参与者"的数量,单就这一点来说,本书已经帮助作者实现了愿望。

然而,本书的精髓之处并不仅仅在于介绍创作技巧。正如"前言"所说,"本书与其他小说写作指南的内容大不相同",原因在于第一部分的剩余内容和整个第二部分的内容。

书中详细描述了写完小说的"你"应该如何出道,以及在处女作确定出版后,如何与出版社编辑打交道。书中指出:不要将编辑和校对人员用铅笔做的修改视为批评,这些都是为了让作品更好而提出的建议。笔者平日采访新人小说家时,许多人曾提到,刚开始时不明白这些,内心感到不

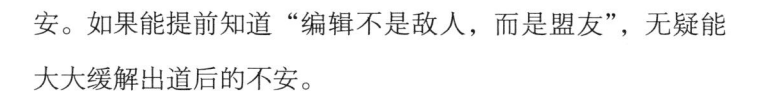

想要"畅销",必读!——献给《小说家的致富经》

安。如果能提前知道"编辑不是敌人,而是盟友",无疑能大大缓解出道后的不安。

随后,书中讲述了作家出道后,为了打造"畅销作品"需要采取哪些战略性措施,以及面对"作品滞销"时应持有何种心态。书中还通过案例分析,揭示成为畅销书作家后可能遇到的陷阱和诱惑。在这一过程中,作者逐一呈现了出版业广为人知却秘而不宣的惯例,毫无保留地公开了那些只有成为畅销书作家后才能了解的真相。

松冈圭祐曾在日本推理作家协会70周年特别策划"嗜好与文化"的采访中(2016年2月更新,https://mainichi.jp/sp/shikou/59/01.html)说过这样一段话:"瑞穗银行会为彩票中奖者提供一本名为《中奖之日起应读之书》的小册子,教他们如何缴税等。我想,要是能有一本面向作家的小册子就好了。虽然因为作品大卖而欣喜,但又不清楚自己可以放松到何种程度。一打听才知道,第二年地方税会大幅上涨。真希望有一本书能把这些都讲清楚啊。另外,年轻作家获得江户川乱步奖等文学奖后,虽然会因为得到奖金而兴奋,但之后又怎么样了?真希望能有本书为我解答啊。"5年后,本书的问世实现了松冈的愿望。

从松冈当时的发言来看，他刚成为畅销书作家后也曾为如何合理使用收入、如何应对影视化及电视剧化等问题而困扰。因此，作为前辈，他的责任便是分享经验，基于经验假设各种情况（比如"如果对异性编辑产生爱意"）为后来的作家留下宝贵记录。读了本书，后辈作家既能减少焦虑，也无须费心学习那些与创作无关的生存技巧。本书还果断斩断了业余作家常有的画饼充饥、望梅止渴的念头。人之所以烦恼并浪费时间，是因为总在思考那些"本不需要思考的事情"。松冈在本书中告诉我们"这里无须多想"，或者直接给出明确结论，让我们真的可以"不再浪费时间去思考"。那么，这会带来什么结果呢？没错，就是我们可以将所有的时间和想象力全部投入创作中。

随着阅读的深入，读者会更加清晰地意识到，松冈所写的并非畅销小说，而是一本有趣的小说，作品因为有趣才会畅销。那么，怎样才能写出"有趣的小说"？关于这个问题，本书给出了明确的答案：基于"想象"，创作出只有"你"才能写出的、属于"你自己"的小说。

每个人都有独特个性，都是特别的存在。通过"想象"而编织出的故事，融合了你的性格、经历、知识和嗜好，形成了他人无法想象的内容。这怎么会无趣呢？松冈的这种逻辑以及"编辑并非敌人，他们的言行必有其道理"的理念，展现了他对人性的关爱。我们可以称他为"信奉性善说的现实主义者"。通过本书，我们可以了解他对世界的看法。

本书不仅是一部讲述畅销书作家成长秘诀的实用指南，更是一本人生指南，堪称前所未有的"小说创作指南"。

2021 年 2 月

创意写作书系

这是一套广受读者喜爱的写作丛书,系统引进国外创意写作成果,推动本土化发展。它为读者提供了一把通往作家之路的钥匙,帮助读者克服写作障碍,学习写作技巧,规划写作生涯。从开始写,到写得更好,都可以使用这套书。

书名	作者	出版时间
综合写作			
成为作家	多萝西娅·布兰德	2011年1月
一年通往作家路——提高写作技巧的12堂课	苏珊·M. 蒂贝尔吉安	2013年5月
作家的诞生	刁克利	2025年8月
文学的世界	刁克利	2022年12月
创意写作大师课	于尔根·沃尔夫	2013年6月
渴望写作——创意写作的五把钥匙	格雷姆·哈珀	2022年6月
从创意到畅销书——修改与自我编辑	詹姆斯·斯科特·贝尔	2016年1月
精简写作——博报堂演讲撰稿人教你写出好文章	蕈田吉昭	2025年3月
小说家的致富经	松冈圭祐	2025年7月
虚构写作			
小说写作教程——虚构文学速成全攻略	杰里·克里弗	2011年1月
开始写吧!——虚构文学创作	雪莉·艾利斯	2011年1月
冲突与悬念——小说创作的要素	詹姆斯·斯科特·贝尔	2014年6月
情节与人物——找到伟大小说的平衡点	杰夫·格尔克	2014年6月
人物与视角——小说创作的要素	奥森·斯科特·卡德	2019年3月
经典人物原型45种——创造独特角色的神话模型(第三版)	维多利亚·林恩·施密特	2014年6月
情节线——通过悬念、故事策略与结构吸引你的读者	简·K. 克莱兰	2022年3月
经典情节20种(第二版)	罗纳德·B. 托比亚斯	2015年4月
情节!情节!——通过人物、悬念与冲突赋予故事生命力	诺亚·卢克曼	2012年7月
超级结构——解锁故事能量的钥匙	詹姆斯·斯科特·贝尔	2019年6月
如何创作炫人耳目的对话	詹姆斯·斯科特·贝尔	2016年11月
如何创作令人难忘的结局	詹姆斯·斯科特·贝尔	2023年3月
故事工程——掌握成功写作的六大核心技能	拉里·布鲁克斯	2014年6月
故事力学——掌握故事创作的内在动力	拉里·布鲁克斯	2016年3月
畅销书写作技巧	德怀特·V. 斯温	2013年1月
30天写小说	克里斯·巴蒂	2013年5月
弗雷的小说写作坊——劲爆小说秘境游走	詹姆斯·N. 弗雷	2015年7月
弗雷的小说写作坊——让劲爆小说飞起来	詹姆斯·N. 弗雷	2015年7月
从生活到小说(第二版)	罗宾·赫姆利	2018年1月

虚构写作		
小说写作完全手册（第三版）	《作家文摘》编辑部	2024 年 4 月
如果，怎样？——给虚构作家的 109 个写作练习（第三版）	安妮·伯奈斯 帕梅拉·佩因特	2023 年 6 月
成为小说家	约翰·加德纳	2016 年 11 月
小说的艺术	约翰·加德纳	2021 年 7 月
非虚构写作		
怎样讲好一个故事	飞蛾故事会	2025 年 1 月
开始吧！——非虚构文学创作	雪莉·艾利斯	2011 年 1 月
写作法宝——非虚构写作指南	威廉·津瑟	2013 年 9 月
故事技巧——叙事性非虚构写作（第二版）	杰克·哈特	2023 年 3 月
从零开始写故事——非虚构写作的 11 堂必修课	叶伟民	2024 年 8 月
自我与面具——回忆录写作的艺术	玛丽·卡尔	2017 年 10 月
写我人生诗	塞琪·科恩	2014 年 10 月
写出心灵深处的故事（修订版）	李华	2024 年 8 月
类型及影视写作		
金牌编剧——美剧编剧访谈录	克里斯蒂娜·卡拉斯	2022 年 3 月
开始写吧！——影视剧本创作	雪莉·艾利斯	2012 年 7 月
开始写吧！——科幻、奇幻、惊悚小说创作	劳丽·拉姆森	2016 年 1 月
开始写吧！——推理小说创作	劳丽·拉姆森	2016 年 7 月
弗雷的小说写作坊——悬疑小说创作指导	詹姆斯·N. 弗雷	2015 年 10 月
好剧本如何讲故事	罗伯·托宾	2015 年 3 月
经典电影如何讲故事	许道军	2021 年 5 月
童书写作指南	玛丽·科尔	2018 年 7 月
网络文学创作原理	王祥	2015 年 4 月
写作教学		
小说写作——叙事技巧指南（第十版）	珍妮特·伯罗薇	2021 年 6 月
剑桥创意写作导论	大卫·莫利	2022 年 7 月
你的写作教练（第二版）	于尔根·沃尔夫	2014 年 1 月
创意写作教学——实用方法 50 例	伊莱恩·沃尔克	2014 年 3 月
中文创意写作教程	杨庆祥	2025 年 7 月
大学创意写作（第二版）	葛红兵 许道军	2024 年 8 月
创意写作思维训练	丁伯慧	2022 年 6 月
故事工坊（修订版）	许道军	2022 年 1 月
小说创作技能拓展	陈鸣	2016 年 4 月
青少年写作		
奇妙的创意写作——让你的故事和诗飞起来	卡伦·本基	2019 年 3 月
写作魔法书——让故事飞起来	加尔·卡尔森·莱文	2014 年 6 月
成为小作家	李君	2020 年 12 月
写作魔法书——28 个创意写作练习，让你玩转写作（修订版）	白铅笔	2019 年 6 月
有个性的写作（人物篇+景物篇）	丁丁老师	2022 年 10 月
北大附中创意写作课（修订版）	李韧	2025 年 5 月
北大附中说理写作课（修订版）	李亦辰	2025 年 7 月

创意写作课程平台

从入门到进阶多种选择，写作路上助你一臂之力

扫二维码随时了解课程信息

"创意写作课程平台"由中国人民大学出版社"创意写作书系"编辑团队精心打造，历经十余年积累，依托"创意写作书系"海量素材，邀请国内外优秀写作导师不断研发而成。这里既有丰富的资源分享和专业的写作指导，也有你写作路上的同伴，曾帮助上万名写作者提升写作技能，完成从选题到作品的进阶。

写作训练营，持续招募中

- **叶伟民故事写作营**

  高人气写作导师叶伟民的项目制写作训练营。导师直播课，直击写作难点痛点，解决根本问题。班主任 Office Hour，及时答疑解惑，阅读与写作有问必答。三级作业点评机制，导师、班主任、编辑针对性点评，帮助突破自身创作瓶颈。

- **开始写吧！——21天疯狂写作营**

  依托"创意写作书系"海量练习技巧，聚焦习惯养成、人物塑造、情节设置等练习方向，21天不间断写作打卡，班主任全程引导练习，更有特邀嘉宾做客直播间传授写作经验。

精品写作课，陆续更新中

- **小说写作四讲**

  精美视频＋英文原声＋中文字幕

  全美最受欢迎的高校写作教材《小说写作》作者珍妮特·伯罗薇亲授，原汁原味的美式写作课，涵盖场景、视角、结构、修改四大关键要素，搞定写作核心问题。

- **从零开始写故事**

  高人气写作导师叶伟民系统讲解故事写作的底层逻辑和通用方法，30讲视频课程帮你提高写作技能，创作爆品故事。

精品写作课

作家的诞生——12位殿堂级作家的写作课

中国人民大学刁克利教授10余年研究成果倾力呈现，横跨2800年人类文学史，走近12位殿堂级写作大师，向经典作家学写作，人人都能成为作家。

荷马：作家第一课，如何处理作品里的时间？
但丁：游历于地狱、炼狱和天堂，如何构建文学的空间？
莎士比亚：如何从小镇少年成长为伟大的作家？
华兹华斯和弗罗斯特：自然与作家如何相互成就？
勃朗特姐妹：怎样利用有限的素材写作？
马克·吐温：作家如何守望故乡，如何珍藏童年，如何书写一个民族的性格和成长？
亨利·詹姆斯：写作与生活的距离，作家要在多大程度上妥协甚至牺牲个人生活？
菲兹杰拉德：作家与时代、与笔下人物之间的关系？
劳伦斯：享有身后名，又不断被诋毁、误解和利用，个人如何表达时代的伤痛？
毛姆：出版商的宠儿，却得不到批评家的肯定。选择经典还是畅销？

一个故事的诞生——22堂创意思维写作课

郝景芳和创意写作大师们的写作课，国内外知名作家、写作导师多年创意写作授课经验提炼而成，汇集各路写作大师的写作法宝。它将告诉你，如何从一个种子想法开始，完成一个真正的故事，并让读者沉浸其中，无法自拔。

郝景芳：故事是我们更好地去生活、去理解生活的必需。
故事诞生第一步：激发故事创意的头脑风暴练习。
故事诞生第二步：让你的故事立起来。
故事诞生第三步：用九个句子描述你的故事。
故事诞生第四步：屡试不爽的故事写作法宝。

SHOSETSUKA NI NATTE OKU WO KASEGOU

by MATSUOKA Keisuke

Copyright © Keisuke Matsuoka 2021

Original Japanese edition published in 2021 by SHINCHOSHA Publishing Co. , Ltd. , Tokyo

Simplified Chinese translation rights arranged with SHINCHOSHA Publishing Co. , Ltd. through BARDON CHINESE CREATIVE AGENCY,Hong Kong.

Simplified Chinese translation copyright © 2025 by China Renmin University Press Co. , Ltd.

All rights reserved.

图书在版编目（CIP）数据

小说家的致富经/（日）松冈圭祐著；徐园，郭一娜译. -- 北京：中国人民大学出版社，2025.7.
（创意写作书系）. -- ISBN 978-7-300-34013-5
Ⅰ. I054
中国国家版本馆 CIP 数据核字第 202555RC88 号

创意写作书系
小说家的致富经
［日］松冈圭祐　著
徐　园　郭一娜　译
Xiaoshuojia de Zhifujing

出版发行	中国人民大学出版社		
社　　址	北京中关村大街 31 号	邮政编码	100080
电　　话	010 - 62511242（总编室）	010 - 62511770（质管部）	
	010 - 82501766（邮购部）	010 - 62514148（门市部）	
	010 - 62511173（发行公司）	010 - 62515275（盗版举报）	
网　　址	http://www.crup.com.cn		
经　　销	新华书店		
印　　刷	天津中印联印务有限公司		
开　　本	890 mm×1240 mm　1/32	版　次	2025 年 7 月第 1 版
印　　张	7.75 插页 1	印　次	2025 年 7 月第 1 次印刷
字　　数	117 000	定　价	59.00 元

版权所有　侵权必究　印装差错　负责调换